Erwachen aus dem 9-5 Büroschlaf

Aus der Reihe:

Die vier Jahreszeiten eines Büroangestellten

John Braun

Über den Autor:

Mit Eltern aus der Generation C64 wurde John Braun als echter Digital Native geboren.

Die Digitalisierung begleitet ihn seit den früher 90-ern.

Während er zunächst noch dabei zuschauen konnte, wie der Mobilfunkkoffer immer kleiner wurde, gilt er spätestens seit Ende dieser Dekade als Betroffener. Denn mit Handys, die in die Hosentasche passen und E-Mails empfangen, erlebt er die Wirkung der digitalen Ausbreitung von Arbeit in jeden Winkel des Lebens.

Während der ein oder andere den Mobilfunkkoffer der 90-er noch als Statussymbol ansah, wurde John der erste Dienst-Blackberry bereits als elektronische Fußfessel angekündigt und ausgegeben.

Das Spannungsfeld aus Technik, Mensch und Prozessen ist es, was John Braun zum Fokus seines Strebens gewählt hat, sei es durch die Absicherung digitaler Risiken, die Schaffung digitaler Strukturen, die Unterstützung im gesunden Umgang damit oder durch den humorvollen Blick von außen den er in seinen Büchern und Erzählungen festhält.

Erwachen aus dem 9-5 Büroschlaf

Aus der Reihe:

Die vier Jahreszeiten eines Büroangestellten

John Braun

Bibliografische Information der Deutschen Nationalbibliothek:
Die Deutsche Nationalbibliothek verzeichnet diese Publikation in
der Deutschen Nationalbibliografie; detaillierte bibliografische
Daten sind im Internet über dnb.dnb.de abrufbar.

© 2024 Actionarius UG (haftungsbeschränkt)
vertreten durch John Braun

Lektorat & Korrektorat: Vicki Braun

Cover-Design: Elvira Braun

Verlag: BoD · Books on Demand GmbH, In de Tarpen 42, 22848
Norderstedt

Druck: Libri Plureos GmbH, Friedensallee 273, 22763 Hamburg

ISBN: 978- 3-7597-3377-1

Inhalt

Prolog

Die Organisation meines Arbeitsplatzes war niemals etwas, woran ich auch nur einen vertieften Gedanken verschwendet habe. Ich bekam meine Aufgaben, Zuständigkeiten und arbeitete sie ab. Es hat kein innerer Kampf in mir stattgefunden, wenn es darum ging, eine Reihenfolge festzulegen. Die Arbeit sah ich eher nüchtern, fast schon emotionslos. Ich war dort, um Geld zum Leben zu verdienen, nicht, um den Job zu leben.

Erhielt ich eine Aufgabe, hatte ich sie zu erledigen, es half mir nicht, sie vor mir her zu schieben. Das mochte fast desinteressiert klingen doch im Vergleich zu so manchem Kollegen war das schon außerordentlich engagiert. Andersherum war ich ohnehin auf einer der unteren Gehaltsebenen angesiedelt, so dass das Fortbestehen der Menschheit wohl eher auf anderen Tischen entschieden und erarbeitet wurde.

Kurz gesagt: Ich erledigte meine Arbeit stets gründlich und sorgfältig, ohne eine eigene Priorisierung oder Sortierung vorzunehmen. Probleme hat das nie verursacht, zumindest nicht, dass ich es wahrgenommen hätte.

Mein Vater sagte in jener Zeit öfter mal zu mir, dass ich es mir außerordentlich gemütlich gemacht hätte, im „nine-to-five". Er wollte mich scheinbar anstacheln mehr zu wollen, aber dazu brauchte es jemand anderen.

Gute Vorsätze & ein fieser Kater

Der erste Arbeitstag im Neuen Jahr war in der Vergangenheit immer ein Erlebnis. Die Kollegen kamen im Büro zusammen, berichteten von den Festlichkeiten, vom Jahreswechsel und natürlich von ihren guten Vorsätzen.

Mir konnte nicht entgehen, dass die Meisten dieser Vorsätze mehrfach zum Einsatz kamen, vermutlich, da sie bereits nach wenigen Wochen schon wieder vergessen waren.

In meinem ersten Jahr hier kam sogar mein Gegenüber mit einem guten Vorsatz ins Büro. Er wollte sich der Gesundheitskampagne «Dry January» anschließen.

Im Grunde hieß das nicht mehr als trockener Januar und sollte durch einen Monat Alkohol-Abstinenz die Gesundheit fördern. Das Ganze war, spätestens seit es 2014 eine offizielle Kampagne im vereinigten Königreich gab, immer bekannter geworden. Man konnte davon halten, was man wollte, aber meinem Kollegen würde es sicherlich nicht schaden.

Auf meine eigenen Vorsätze angesprochen, hatte ich seinerzeit nichts zu antworten. Ich war gerade mal vier Monate im Unternehmen, also gab es keine Vorsätze, die sich auf meine berufliche Tätigkeit bezogen. Andere Vorsätze gab es allerdings auch keine. Ich war ziemlich zufrieden mit mir. Außerdem hielt ich es in der Regel so, dass ich jederzeit eine Veränderung in meinem Leben etablieren konnte, wenn ich einen klaren Mehrwert darin erkannte.

Leider hat mein Kollege diesen Mehrwert wohl nicht erkennen können. Damals dauerte es keine sieben Tage, bis er den trockenen Januar in einer Melange aus Rum und Bier ertränkt hatte. Bis heute habe ich keine Ahnung, ob er das eigene Aufgeben überhaupt jemals bewusst realisiert hat.

Dieses Mal war alles anders. Wir kamen erst in der zweiten Woche des neuen Jahres zusammen. Der Zauber des Neuanfangs, die Aufregung der Kollegen, das Kribbeln im Bauch – all das fehlte völlig.

Fast alle hatten sich bereits in Telefonaten gehört oder in Video-Konferenzen gesehen. Der Austausch über den Jahreswechsel wurde also in Zweiergespräche verlegt oder vielfach komplett ausgelassen.

Mir fehlte dadurch etwas, doch da mir außerdem auch der Elan fehlte, diese Gespräche selbst anzustoßen, saß ich schweigend mit meinem Gegenüber im Büro, obwohl wir uns seit vier Wochen zum ersten Mal persönlich trafen. Er kämpfte einen stillen, aber sichtbaren Kampf mit einem fiesen Kater. „Wer das Rennen macht, wird sich wohl erst gegen Mittag abzeichnen.", dachte ich, während ich lustlos nach Dokumenten für einen Vorgang suchte.

Diese Gedanken und meine Suche wurden abrupt unterbrochen, als unsere neue Kollegin ins Büro kam. Ich war richtiggehend überrascht, sie im Mantel zu sehen. Ohne sie richtig anzusehen, schaute ich auf die Uhr. So spät war sie noch nie ins Büro gekommen. Über diesen Gedanken vergaß ich direkt sie zu begrüßen, was sie mit einem schwungvollen: „Ja, ich freue mich auch, Euch zu sehen" quittierte. Mein Kollege nahm daraufhin wortlos den Hörer ab und drehte ihr den Rücken zu. Ich bemühte mich um ein „Frohes Neues".

Zum Glück konnte unser flegelhaftes Benehmen unserer Toni noch nicht mal ein Rümpfen der Nase entlocken. Sie ließ sich davon nicht beeindrucken. Nachdem der Mantel an der Garderobe hing, nahm sie sich direkt einen Kaffee und begann das Gespräch, was mir bisher gefehlt hatte. Es dauerte keine fünf Minuten, bis auch René seinen Widerstand aufgegeben hatte. Insgeheim schien er Toni viel mehr zu mögen, als er jemals öffentlich eingestanden hätte.

Toni hat ein beschauliches Weihnachtsfest verbracht, aber dafür an Neujahr richtig aufgedreht. Nach dem Dezember mit seinen flüssigen und festen Verführungen wollte sie sowohl dem Alkohol als auch den Süßigkeiten für einige Zeit den Rücken kehren. Während sie darüber sprach, suchte ich mit verstohlenen Blicken nach der Stelle, an der sie zwischenzeitlich zugenommen haben wollte. René schien dem gleichen Gedanken gefolgt zu sein. Er hatte Toni während ihrer Erzählung ebenfalls eingehend gemustert. Erstaunlicher-, aber daher umso erfreulicherweise nahm René den Faden des Gespräches auf.

„Mein Weihnachtsfest war deutlich schöner als zunächst erwartet. Ursprünglich war der übliche Zinnober mit der ganzen Familie geplant, aber eine glückliche Fügung hat zu einer Absage in letzter Minute geführt. Das Ergebnis war, dass ich Weihnachten zu Hause, mit meiner Ex-Frau verbringen konnte. Ja, bei ihr kam es ebenfalls zu einer kurzfristigen Absage der Familienfeier. Also sind wir beide zu Haus geblieben." Erzählte er frei von der Leber weg, als wäre es das Normalste der Welt, dass man seit Jahren mit seiner Ex-Frau zusammenwohnte.

„Was Neujahr angeht, habe ich wohl auch etwas übertrieben", räumte René ein. „Doch immerhin habe ich zwischen den Jahren keine Doppelschichten geschoben, wie manch andere Person.", wechselte er anschließend ziemlich abrupt das Thema. Da ich ebenfalls keine Doppelschichten geschoben, sondern zwei Wochen Urlaub genossen hatte, erwartete ich eine Antwort von Toni.

Toni, die eigentlich Antonia hieß, nickte bloß. Die daraufhin folgende Pause war so lang, dass ich die Stille schon unangenehm fand und beginnen wollte, von meinem Jahreswechsel zu erzählen.

„Ich musste mich auf meine Neujahrsvorsätze vorbereiten" begann dann doch Toni. „Ende des letzten Sommers habe ich von meiner Schwester ein Coaching geschenkt bekommen. Es befasst sich unter anderem damit, wie die Zufriedenheit am Arbeitsplatz mit der Arbeitsorganisation verbunden ist."

„Solche Optimierungskurse sollte eigentlich Dein Arbeitgeber für Dich bezahlen, schließlich wird der doch am meisten davon profitieren, oder? Aber erzähl mal! Welche Weisheiten wussten die Veranstalter denn zu berichten? Waren es die üblichen Plattitüden, wie:

Zwölf Stunden Arbeit haben noch nie jemandem geschadet!

Nur wer lange, viel und ausgiebig arbeitet, ist etwas wert im Leben!"

„René, sei doch nicht gleich so negativ. Du hast durchaus Recht, wenn Du sagst, dass unser Arbeitgeber auch Vorteile davon hat, wenn ich zufriedener bei der Arbeit bin, denn das hat auch einen großen Einfluss auf meine Produktivität. Für meine Schwester steht allerdings der Aspekt meines Wohlbefindens, meiner Zufriedenheit im Fokus."

„Na gut, dann bin ich jetzt aber sehr gespannt, wie ein Training für mehr Wohlbefinden Dich dazu gebracht hat, hier von früh bis spät durch das Büro zu toben, während draußen die ganze Welt vom Tempo gegangen ist und den Jahreswechsel genossen hat."

„Das Training ist in mehreren Phasen aufgebaut. Die erste Phase beschäftigt sich im weitesten Sinne mit einem aufgeräumten Schreibtisch.

Je nachdem, wie der vorher aussieht, spart das Aufräumen allein zwischen 10 und 25 Prozent der Arbeitszeit.

Hinzu kommt der motivierende Effekt an einem ordentlichen Arbeitsplatz tätig zu sein. Das gute Gefühl, alles unter Kontrolle zu haben, spielt dabei eine große Rolle.

Diese Stapel da zum Beispiel, die müssen Dir doch jeden Tag ein Dorn im Auge sein. Denkst Du nicht jedes Mal, wenn Du sie anschaust: Noch eine Baustelle, die ich nicht im Griff habe?"

„Nur der kleine Geist hält Ordnung. Ein Genie überblickt das Chaos!", erwiderte René mit einem mürrischen Unterton. Dann grinste er zu Toni rüber und fragte: „Dein Schreibtisch war doch schon immer ziemlich ordentlich, was hat denn da so lange gedauert? Waren da etwa noch Vorgänge an anderen Stellen versteckt?", er zwinkerte mir vielsagend zu und ich verstand sofort. Dann fragte er wieder sehr ernsthaft: „Sag mal, glaubst Du diesen Quatsch mit den 10 bis 25 Prozent wirklich?"

„Es geht nicht nur um den analogen Schreibtisch. Es geht auch um seinen digitalen Zwilling. Ich habe über das halbe Jahr, hier der Abteilung tatsächlich mehrere Dutzend Mails angehäuft, die keine klaren Arbeitsaufträge enthalten, aber die ich gelegentlich noch mal durchgehen wollte. Die habe ich, fast vergleichbar zu Deinen Stapeln, in meinem Maileingang aufbewahrt. Ob die Einsparung realistisch ist, kann ich Dir vielleicht später sagen. So richtig messbar wird diese erste Transformationsphase in meinem Fall nicht sein. Ich habe mich entschieden die Ist-Analyse zu überspringen und direkt mit der Umsetzung zu beginnen, auch weil mir der Produktivitätsgewinn gar nicht das Wichtigste ist. Willst Du es vielleicht mal Schritt für Schritt ausprobieren?"

„Ich? Nein, ich bin Volltischler. Ich brauche meine Vorgänge in greifbarer Nähe, sonst kann ich nicht ordentlich arbeiten. Außerdem darf man nie vergessen, dass es gefährlich ist, den Schreibtisch leer zu halten. Da kommt noch einer auf die Idee, dass da weitere Arbeit drauf Platz hat. Nein ich bin zufrieden, so wie es ist."

„Darf ich Dir dennoch ein paar Fragen stellen? Vielleicht änderst Du Deine Meinung:

- Denkst Du außerhalb der Arbeitszeit oft an Deine Vorgänge?
- Hast Du manchmal oder öfter das Gefühl, etwas vergessen zu haben?
- Hast Du manchmal das Gefühl, den Überblick verloren zu haben?
- Welches Gefühl hast Du, wenn Du an Deine Arbeit denkst?
- Graut es Dir manchmal oder öfter schon am Freitag vor dem Montag?"

„Montage gehören abgeschafft. Warum fragst Du das alles?"

„Unser Trainer ist davon überzeugt, dass sogar der Montag einen Großteil seines Schreckens verliert, wenn man mit einem aufgeräumten Schreibtisch arbeitet. Alles, was danach kommt, sei nur noch Kosmetik, sagt er gern.

Die positiven Auswirkungen auf das Wochenende sind dabei noch gar berücksichtigt. Wer keine Angst vor dem Montag hat, braucht zum Beispiel nicht zu trinken oder andere Betäubungsmittel zu nehmen, um zu entspannen."

„Wenn das stimmt, probiere ich das Konzept aus. Kannst Du das bereits bestätigen?"

„Noch nicht. Ich bin gerade erst gestartet. Aber sag doch mal. Würdest Du vielleicht in der Zeit, bis ich es bestätigen oder dementieren kann, die Ist-Analyse machen? Die Ergebnisse sind zwar nicht auf mich übertragbar, aber wir könnten zumindest für Deinen Schreibtisch messen, welches Ausmaß die tägliche Suche nach dem nächsten Vorgang hat. Arbeitest Du eigentlich noch immer jeden Tag hier im Büro?"

„Klar! Erstens will ich das alles hier nicht zu Hause haben, zweitens will ich es noch viel weniger zwischen meinem zu Hause und dem Büro hin und her tragen und drittens arbeitet zu Hause meine Ex-Frau. Das wird mit Sicherheit nicht so idyllisch wie das Weihnachtsfest, wenn wir uns dauerhaft einen Arbeitsplatz teilen.

Wie sieht eigentlich diese Ist-Analyse aus? Muss ich dafür Sonderschichten einplanen?"

„Nein, dafür sind keine Sonderschichten nötig. Die Analyse wird mit Strichlisten gemacht. Die Vorbereitung und die Auswertung können in Summe etwas dauern. Dabei ist die Vorbereitung lediglich eine Art gedanklicher Gang durch einen normalen Arbeitstag.

Du schreibst einfach jeden Schritt auf, der mit der Suche von Dokumenten oder Informationen zu tun hat. Außerdem notierst Du dazu ein paar allgemeine Tätigkeiten. Ich habe während des Trainings eine Vorlage zum Anpassen erhalten.

Die Erfassung folgt dann einem simplen Muster. Jedes Mal, wenn Du eine der Tätigkeiten ausführst, die auf deinem Erfassungsbogen stehen, notierst Du dafür die Zeit in Form eines Striches an der entsprechenden Stelle.

Wenn Du also mal wieder eine Klarsichthülle mit einem Vorgang aus einem dieser Stapel herausfischst, dann machst Du zusätzlich einen Strich im entsprechenden Bereich der Vorlage.

Am Ende der Woche wird zusammengerechnet, wie häufig und wie lange gesucht wurde. Diese Auswertung kann dann schon etwas dauern, wenn man nicht so fit im Kopfrechnen ist." Toni strahlte über das ganze Gesicht, sodass man diese kleine Spitze fast gar nicht wahrnahm.

René ging jedenfalls nicht darauf ein: „Soll ich da jedes Mal die genaue Zeit erfassen? Dann schaue ich den ganzen Tag nur noch auf die Uhr."

„Die Vorlage schlägt, je Tätigkeit, Felder mit pauschalen Werten vor: 1,2,5 und 10 Minuten. Wobei das Fenster für 10 Minuten mir etwas klein vorkommt, wenn ich auf Deinen Schreibtisch schaue." Toni machte eine kleine Pause. „Das Schwierigste bei der Erfassung ist die Unterscheidung zwischen Suchen und Aufrufen. Denn ein Aufruf lässt sich auch durch die Einführung von Ordnung nicht vermeiden, während das Suchen mehrheitlich eliminiert werden kann.

Außerdem ist es gesondert zu erfassen, wenn Du etwas mehrfach liest. Zum Beispiel E-Mails, die Du ungelesen im Eingang liegen lässt, weil Du sie später erst bearbeiten willst. Die liest Du in der Regel mehrfach, weil Du zunächst wissen musst, worum es geht, damit Du den Entschluss fassen kannst, erst später tätig zu werden.

Jedoch wird Dir auch der beste Betreff nach ein paar Tagen nichts mehr sagen.

Ungelesene Mails verursachen noch ein weiteres Problem: Sobald Du anfangen musst zu scrollen, hast Du nicht mehr alle Aufgaben bzw. Mails im Blick. Dann gilt oft genug: Aus den Augen aus dem Sinn, was Du von Deiner Ex-Frau ja nun nicht behaupten kannst.", feixte die gut gelaunte Toni.

„Ok, klingt noch etwas umständlich, aber könnte einen Versuch wert sein. Schick mir doch bitte mal so eine Vorlage rüber." Antwortete der erstaunlich interessierte René, ohne auf die Bemerkung einzugehen.

„Toni?" fragte ich etwas zaghaft „Schickst Du mir auch eine Vorlage? Ich glaube ich würde das auch gern probieren."

„Was? Bunkerst Du auf Deinem Tisch etwa auch die Arbeit?" antwortete sie lachend. Ich winkte schnell ab, allerdings nicht ohne zu erwähnen, dass ich als Normalo-Angestellter vielleicht ein ganz gutes Korrektiv darstelle, weil die Berge auf Renés Tisch nun wirklich keinen durchschnittlichen Arbeitsplatz beschreiben. Immerhin war uns daran gelegen, herauszufinden, ob 10-25% Entlastung ein realistischer Wert waren.

Fazit im Stillen

Während der folgenden Woche hatte ich nur wenig Gelegenheit zum Austausch mit meinen beiden Kollegen. Folglich begann ich meine Auswertung allein.

Die Ergebnisse meiner ersten Woche sahen für mich eigentlich ziemlich durchschnittlich aus. Am Tag bearbeitete ich zwischen 15 und 45 Vorgängen. Diese ließen sich in einfache Vorgänge mit höchstens zehn Minuten Bearbeitungsdauer, mittlere mit ca. 20 Minuten und komplexe Vorgänge mit individueller Bearbeitungszeit aufteilen.

Da bei uns die Informationen zu Vorgängen in insgesamt vier verschiedenen Systemen ablagen, habe ich tatsächlich bei jedem neuen Vorgang eine Suche vermerkt. Bei den einfachen Vorgängen zwei Minuten und bei den mittleren zwischen fünf und acht Minuten. So lange dauerte es jeweils, bis ich nach Abschluss eines Vorganges wieder an die inhaltliche Bearbeitung eines weiteren ging.

Bei den komplexen Vorgängen ließ sich kein pauschales Ergebnis ableiten. Da kam es auch während der Bearbeitung vor, dass ich weitere Informationen recherchieren musste.

Allerdings wusste ich auch bezogen auf die einfachen und mittleren Vorgänge nicht, wie die Suchzeit durch mehr Ordnung verkürzt werden sollte. Auf die Anzahl oder Art der verwendeten Systeme hatte ich aus meiner Sicht schließlich keinen Einfluss.

Direkt am Dienstag kam es zu zwei Ausnahmen, die ich der Vollständigkeit halber dennoch notiert habe. Bei diesen Vorgängen war ein anderer Bearbeiter geschlüsselt und ich musste sie über den Mandanten suchen. Hierbei habe ich deutlich mehr Zeit verloren, weil ich keinen Zugriff auf die persönliche Ablage des Kollegen habe und ich daher alle Informationen manuell zusammentragen musste.

Dennoch sah ich auch hier wenig Potenzial zur Reduzierung der Suchzeit durch meine eigene Organisation, denn die Ursache hierfür lag ja ganz klar bei den Kollegen.

Da ich in der beobachteten Woche außerdem zwei Tage im Homeoffice gewesen bin, habe ich zusätzlich eine Stunde notiert, in der ich mich vergewissert habe, dass ich für den Einsatz zu Hause alle notwendigen Informationen im Zugriff hatte.

Toni hatte mich am ersten Tag der Erfassung darum gebeten, bei jedem neu eingehenden Vorgang zwei Minuten zu notieren. Ihre Begründung lautete, dass ich die Meldungen las und bereits zu diesem Zeitpunkt eine kurze Notiz auf meinem Schreibblock machte, damit ich den Vorgang später nicht vergaß.

Vom Ansatz her war das genauso, wie ich auch mit E-Mails umgehen sollte, die ich nach dem Lesen wieder auf ungelesen setzte. Die Schwierigkeit bestand darin jeweils abzuschätzen, wie lange ich die Mail gelesen oder überflogen habe und diese Zeitspanne ebenfalls mit auf die Liste zu nehmen. Ich habe mich hier ebenfalls für zwei Minuten entschieden, die im Durchschnitt aller E-Mails schon irgendwie stimmen werden.

Insgesamt kamen dabei in Summe 390 Minuten zusammen.

Aus meiner Sicht ließ sich daran jedoch nur wenig machen, da viele Dinge durch unser Unternehmen vorgegeben wurden. Dazu gehörten auch die Programme, die wir zu nutzen hatten.

Für mich war damit klar, dass ich aus dem Projekt aussteigen würde. Einen Kampf gegen Windmühlen zu führen, stand nicht auf meiner Agenda und ich sah auch nicht, wie mich das Ganze glücklicher machen sollte.

Mein neuer Plan lautete: Von der Seitenlinie zusehen, wie lange René das Ganze weiterverfolgte. Ich war ernsthaft gespannt, ob Toni ihn dauerhaft motivieren und vielleicht sogar eine Veränderung seiner Arbeitsweise hervorrufen konnte.

Mindestens zehn Prozent sind möglich

Ich war einigermaßen überrascht, als Toni nach der ersten Woche meine Strichliste auswertete. Zunächst nicht schockiert, aber zumindest überrascht – immerhin war mein Fazit ein deutlich anderes gewesen.

„Timmy, das ist beeindruckend, selbst an Deinem Arbeitsplatz kann man allein durch ‚clean desk' zehn Prozent rausholen. Also rein rechnerisch, ganz ohne die Auswirkungen auf Dein persönliches Wohlbefinden zu berücksichtigen."

„Aber Toni, wo willst Du denn in dieser Aufstellung zehn Prozent rausholen? Ich habe nicht mal fünf gesehen. Bist Du sicher, dass Du die Daten richtig interpretierst?"

„Auf jeden Fall! Lass es mich erklären, dann wirst Du mir mit Sicherheit zustimmen. Zunächst einmal sind zehn Prozent gar nicht viel. Das entspricht bei einer 40 Stunden Woche gerade mal 48 Minuten pro Tag. Wenn ich jetzt sehe, dass du je Vorgang mindestens zwei Minuten am Suchen bist und zusätzlich noch ungefähr zehn bis fünfzehn Mails pro Tag wieder auf ungelesen setzt, dann bin ich schon fertig."

„Bei den zwei Minuten ist aber auch der normale Aufruf dabei. Den kann ich kaum reduzieren, oder bekomme ich direkt ein neues Arbeitssystem? Vielleicht etwas, was etwas schneller läuft? Manchmal habe ich das Gefühl ich könnte mir erstmal einen Kaffee ziehen, bevor das System reagiert."

„Timmy, Du sprichst mir aus der Seele, aber lass uns zunächst mit den Dingen beginnen, bei denen wir die Kontrolle und den Einfluss haben."

„Anfangen? Meinst Du denn wirklich, dass wir später auch das System ändern können?"

„Wenn wir unserer Geschäftsführung aufzeigen, dass wir ohne die ganzen Zwangs-Kaffee-Pausen mehr schaffen können, dann werden die schon ganz von allein ein neues System anschaffen.", lachte mir meine liebe Kollegin ins Gesicht, während René ins Zimmer kam und sich an seinen Platz setzte. Er sah heute deutlich besser aus als bei unserem letzten Treffen, dennoch wirkte er irgendwie übernächtigt. Allerdings anders als sonst.

„Guten Morgen! Entschuldigt, dass ich etwas spät dran bin. Ich habe gestern noch eine kleine Nachtschicht eingelegt und in Folge dessen heute Morgen den Wecker ignoriert."

Er sagte wirklich, dass er den Wecker ignoriert hätte. René war oft so schonungslos ehrlich. Einen großen Teil meines Respekts für ihn hatte er sich mit solchen und ähnlichen Sätzen verdient. Jeder andere hätte an seiner Stelle eine Ausrede gesucht, doch er sprach die Wahrheit einfach aus, egal wie unangenehm sie war. Wenn man es genau überlegte, dann war die Schlummer-Taste auch nichts anderes als Ignoranz auf Raten.

„Was gab es denn Dringendes?", fragte Toni mit einem verschmitzten Grinsen im Gesicht. „Hast Du – ganz der Gentleman versucht Deiner Ex-Frau einen freien Abend zu gönnen? Oder hast Du tatsächlich mal was gearbeitet?"

„Timmy, womit haben wir so eine Kollegin verdient? Da braucht es gar keinen Chef mehr, wenn hier untereinander schon so scharf geschossen wird. Da schlägt man sich mit ihren wilden Ideen die Nacht um die Ohren und dann lästert sie auch noch rum. Also Frau „von und zu" ich habe hier die Aufstellung meiner Suchzeiten der letzten Woche.

Erschreckend – brauchen Sie mir nicht zu sagen. Ich habe direkt gestern angefangen die Vorgänge auf meinem Tisch zu sortieren.

Erst alphabetisch, dann noch mal neu, nach Eingangsdatum und dann wiederum nach Fristablauf. Bringt alles nichts. Sobald ich einen neuen Vorgang anfangen will, wühle ich wieder alles durch."

„Ich glaube ich höre nicht richtig. Hat gerade René S. Segrevnie gesagt, dass er mir Recht gibt? Hat er sich, mir, ich meine: uns gerade eingestanden, dass seine Stapel auf dem Schreibtisch ihn bei der Arbeit behindern? Timmy, zwick mich doch bitte mal, damit ich sicher sein kann, dass ich nicht träume."

„Ah, die Kollegin träumt also regelmäßig von mir? Stichelt sie deshalb so häufig über die Wohngemeinschaft mit meiner Ex-Frau?"

So gut gelaunt hatte ich René selten erlebt, insbesondere nachdem er die vorangegangene Nacht augenscheinlich kaum geschlafen hat.

„Aber bevor wir zu sehr vom Thema abkommen. Liebe Toni, so erkläre mir doch bitte, wie ich jetzt weiterkomme. Ich weiß jetzt, dass die Stapel dazu führen, dass ich suchen muss – sowohl in den digitalen als auch in den analogen.

Aber wie soll es ohne funktionieren? Es kommen jeden Tag neue Aufträge dazu. Oder übernehmt ihr beiden die Eingänge, bis ich meinen Tisch aufgeräumt habe?"

„Wenn Du Deinen Tisch in einer Woche leer hast, übernehme ich so lange alle neuen Aufträge, die Du bekommst. Timmy, Du darfst das gern bezeugen."

„Eine Woche? Ich denke eher, dass wir hier von ein, zwei Monaten sprechen, oder vielleicht auch mehr."

„Du hast Arbeit für ein, zwei Monate oder mehr auf Deinem Tisch? Wie schaffst Du das nur? Ich hätte jeden Tag ein schlechtes Gewissen, weil ich nie wüsste, ob ich nicht eine wichtige Frist verpasst habe."

„Daran gewöhnt man sich. Wer wirklich dringend etwas will, schreibt eine Erinnerung, wer keine schreibt, der wartet. Bin ich über Jahre gut gefahren, mit dieser Variante. Schließlich werde ich hier auch nur für höchstens acht Stunden am Tag bezahlt. Da bleibt dann schon mal was liegen, wenn am Ende des Tages noch Arbeit übrig ist." René wirkte auf einmal gar nicht mehr so gut gelaunt. Er verschränkte die Arme und sah aus, wie ein bockiges Kind.

Die beiden wurden durch das Telefon unterbrochen. Als sie das Gespräch fortsetzten, hatte René sich wieder gefangen. Er hob resignierend die Arme, als er zu sprechen begann. „Laut der Erfassung verbringe ich gute 20 Prozent meiner Arbeitszeit mit der Suche nach der eigentlichen Aufgabe. Wie komme ich jetzt zu einem Punkt, an dem ich eine echte Erleichterung verspüre? Muss ich dafür die nächsten Monate Doppelschichten schieben?"

„Nein!", antwortete Toni „So wie Rom nicht an einem Tag erbaut wurde, wird der Abbau dieses Aktengebirges eben auch nicht an einem Tag erledigt sein. Wir haben im Coaching darüber gesprochen, dass man keinesfalls mehr als 30 Minuten pro Tag dranhängen soll. Viel wichtiger als eine Hauruck-Aktion ist eine kontinuierliche Vorgehensweise, die durch Disziplin in der Anfangszeit früher oder später in die DNA des Arbeitsalltages eingeht.

Gebt mir doch bitte Eure Strichlisten. Ich werde sie mir im Detail anschauen, einen Plan entwickeln, diesen dann mit meinem Coach besprechen und anschließend mit Euch diskutieren, ob ihr den Vorschlag annehmen wollt."

Mit diesen Worten war die Ist-Analyse für René und mich erledigt. Ich wollte in diesem Moment auf gar keinen Fall mit René tauschen. Seine Auswertung musste viel schlimmer ausgesehen haben als meine, daher ging ich auch davon aus, dass einiges auf ihn zukam.

Der Abbauplan

Toni kam am nächsten Tag wieder erst kurz nach neun ins Büro. Sie war augenscheinlich gut gelaunt.

„Guten Morgen Jungs. Ich hätte ja großen Spaß daran, jetzt ganz besonders weit auszuholen. Aber da ich Eure Zeiterfassung kenne, weiß ich, dass Ihr keine Zeit für die lange Version Geschichte habt. Dabei wäre es eine schöne Heldengeschichte geworden, von einem Texaner, der die Welt zum Positiven veränderte. Der neben unzähligen Erfolgen auf dem Schlachtfeld auch den Grundstein für den amerikanischen Wohlstand gelegt hat und so weiter und so fort.

Doch da unser lieber René diese Zeit vielleicht schon miterlebt hat, könnte er mich des Lügens überführen. Außerdem gibt es leider keinen Beweis, dass der Namensgeber der Methode, die ich Euch gleich zeigen möchte, wirklich etwas damit zu tun hatte. Also lass ich diesen ganzen Kram weg und komm direkt zum Punkt."

Toni vergewisserte sich mit einer Pause, dass wir beide ihr unsere gesamte Aufmerksamkeit schenkten. „Es geht um die Eisenhower-Methode."

René begann in hohem Tempo etwas zu tippen. Toni wartete wissend lächelnd darauf, was kommen würde. Ich blickte ahnungslos von ihr zu ihm. Eisenhower sagte mir etwas. Der war mal amerikanischer Präsident. Vietnam? Nein! Korea? Der Geschichtsunterricht war selbst für mich schon eine Weile her.

Noch bevor ich es richtig zusammen bekam, polterte René los: „Der war schon gute fünf Jahre tot, bevor die Welt mein schönes Antlitz erblickte! Da erwartet man von einer jungen Kollegin qualifizierte Unterstützung und schon wird man nur wieder wegen seines Alters diskriminiert. Ich glaube ich sollte dringend mal einen Termin beim Betriebsrat machen oder vielleicht unseren AGG-Beauftragten bemühen?"

Spätestens der letzte Satz machte deutlich, wie wenig Ernst es René mit seinem Gepolter war. Man konnte fast den Eindruck gewinnen, dass er versuchte mit Toni zu flirten. Sie lachte kurz und fuhr fort:

„Die Eisenhower-Methode wird genutzt, um Aufgaben in vier Kategorien einzuteilen. Wir zählen diese der Einfachheit halber durch.

Eins bedeutet: Die Aufgabe ist wichtig und dringend. Sie wird sofort und persönlich erledigt.

Zwei bedeutet: Die Aufgabe ist wichtig, aber (noch) nicht dringend. Sie wird terminiert und persönlich erledigt.

Drei bedeutet: Die Aufgabe ist nicht wichtig, aber dringend. Sie wird nach Möglichkeit delegiert.

Vier bedeutet: Die Aufgabe ist weder wichtig noch dringend. Sie wird nicht erledigt, sondern gelöscht."

René tat so, als wollte er alles von seinem Schreibtisch schieben und sagte grinsend: „Vier!"

Bis die ersten Klarsichthüllen den Boden berührten, haben Toni und ich darüber gelacht, dann lachte René. „Eure Gesichter hättet ihr sehen sollen!"

Er hob die Vorgänge wieder auf und blickte Kopf schüttelnd über seinen Schreibtisch. „So einfach soll das also sein? Ja, da hätte ich fast selbst drauf kommen können. Nur eine Frage noch: Wer ist denn eigentlich der kompetente Mitarbeiter, an den ich die Dreier delegieren kann? Ist das unser Timmy?"

Während ich über die Zweideutigkeit der Dreier nachdachte, versäumte ich es fast zu protestieren. Antonia lehnte sich zurück und überließ uns unserem Disput. Nach einigen Bemerkungen schaltete sie sich wieder ein.

„Jungs, ihr müsst nicht gleich wie die verschreckten Hühner reagieren. Anstatt zu diskutieren, was nicht geht, lasst uns lieber

24

schauen, was man machen kann. Die ein oder andere Anpassung werden wir schon vornehmen dürfen, wir schreiben hier keine Klassenarbeit, sondern befinden uns im echten Leben.

Nehmen wir nur mal an, dass auf Renés Schreibtisch tatsächlich einige Vieren liegen, dann räumt er sie, seit sie dort liegen, immer wieder hin und her. Dabei könnten sie längst entsorgt sein.

Genauso können wir in unserem Kontext eine weitere Kategorie einführen.

Fünf bedeutet: Die Aufgabe wartet auf eine Rückmeldung. Sie kann derzeit nicht erledigt werden.

Was haltet ihr davon?"

René nickte. Er sagte nichts weiter, sondern begann Vorgang für Vorgang durchzugehen. Er bildete Stapel. Nachdem ich eine Zeit lang zugesehen hatte, wollte ich bei mir gleichermaßen vorgehen, doch meine Arbeitsvorräte waren eher digitaler Natur, also kam direkt die erste Frage auf:

„Toni, wie soll ich die Aufgaben in unseren Systemen kategorisieren? Dort gibt es kein Feld für die Eisenhower-Methode. Bei eingegangenen E-Mails gilt das Gleiche. Die kann ich nicht verändern."

„Lass uns bei Dir mit den E-Mails anfangen.

Eins wird sofort erledigt, braucht also keine Kennzeichnung.

Zwei wird terminiert. Du kannst eine E-Mail entweder direkt in den Kalender ziehen und einen Termin setzen. Dabei musst Du aber beachten, dass Dein Kalender allen Kollegen zugänglich ist und diese dadurch auch den Text der E-Mail einsehen können, wenn sie den Termin öffnen. Alternativ kannst Du eine Aufgabe daraus machen und diese mit einem Termin versehen.

Wichtig ist hierbei Erledigungstermin und Fälligkeit nicht zu verwechseln. Du musst den Termin so setzen, dass Du ausreichend

Zeit zur Erledigung hast und darfst nicht das Datum verwenden, an dem Kunden oder Kollegen das fertige Ergebnis benötigen.

Das kann übrigens anfänglich schwieriger sein, als es sich im ersten Moment anhört, wähle Deine Termine daher immer mit einem gewissen Zeitpuffer.

Drei soll delegiert werden. Das dürfte bei Dir seltener vorkommen, aber kommt es vor, delegiere es sofort, dann braucht es bei Dir auch keine Kennzeichnung mehr.

Vier soll gelöscht werden. Diese Mails landen im Papierkorb. Keine Sorge, bei einer Fehleinschätzung kannst Du sie immer noch wiederherstellen.

Fünf sollte bei Mails nicht vorkommen, falls doch, kannst Du hier mit einem Ordner arbeiten, in dem Du diese Mails aufbewahrst."

Das mit der Fünf habe ich nicht sofort verstanden, doch dann wurde es mir klar. Wenn jemand anders etwas zu tun hat, dann musste ich lediglich kontrollieren, ob er die Mail auch bekommen hat. Falls ich nicht sicher war, ob der andere seinen Auftrag verstanden hat, wurde es eher eine Drei als eine Fünf und ich kam tatsächlich mal zum Delegieren. Vorsichtshalber legte ich mir aber dennoch einen Ordner an, damit ich die E-Mails zumindest nicht aus den Augen verlor.

Die Gewohnheit ist ein starker Gegner

Nach der letzten Lektion von Toni waren einige Tage vergangen. Das letzte Wochenende war unglaublich erholsam. Ich war in der vorangegangenen Woche einige Tage im Homeoffice gewesen und hatte am Freitag schon gegen zwei die Segel gestrichen. Dadurch fühlte sich das Wochenende tatsächlich deutlich länger und erholsamer an als sonst.

„Unter diesen Voraussetzungen kann man durchaus auch an einem Montag mit guter Laune zur Arbeit kommen.", dachte ich mir lächelnd. „Na gut, pfeifend ins Büro zu kommen wäre dann vielleicht doch etwas übertrieben." Dieser Gedanke ließ mich scheinbar grenzdebil grinsen, denn die Menschen in der Bahn sahen mich komisch an. Ich überlegte weiter, ob ich das vielleicht öfter mal machen sollte mit dem frühen Feierabend am Freitag.

Ein Blick auf Renés Schreibtisch ließ mich feststellen, dass die Stapel insgesamt niedriger geworden waren, allerdings war ich mir nicht sicher, ob es nur daran lag, dass sich nun alles auf mehr Stapel aufteilte als zuvor. Ich blieb kurz stehen, um die Stapel zu zählen. Es waren acht. „Das sieht nicht gut aus. René scheint Probleme zu haben das Konzept aus Tonis Coaching umzusetzen. Oder hat Toni ihm in den letzten Tagen vielleicht schon die nächsten Tipps und Tricks verraten?" Ich warf einen genaueren Blick, um zu sehen, ob mein erster Eindruck vielleicht falsch war. Irgendwie hatte ich das unsichere Gefühl, dass das Konzept bis hierher zu einfach gewesen war. Für mich war in diesen zusätzlichen Stapeln kein System zu erkennen.

Als Toni kam, blickte sie mit einem Kopfschütteln zu Renés Platz und begrüßte mich mit einem Seufzen: „Er ist noch nicht da, oder?" Ich verneinte. „Na dann schauen wir mal, ob es heute noch etwas wird."

„Was ist denn los? Ist irgendwas passiert? Ach ja, außerdem würde mich noch interessieren, warum René jetzt mit acht Stapeln arbeitet. Ist das eine Erweiterung dieser Eisenhower-Kiste?"

„René war letzte Woche ungefähr ab Mittwoch extrem mies gelaunt. Es kann aber auch schon Dienstagnachmittag los gegangen sein. Das wäre dann kurz nachdem Du abgedampft bist, gewesen. Er hat einen Anruf von einem Mandanten erhalten. Die beiden haben lange gesprochen, allerdings war es kein angenehmes Gespräch. Es wurde wohl eine Frist versäumt.

Der Kunde hat daraus resultierend einen mittleren fünfstelligen Betrag als Verlust erlitten. René hatte echte Mühe ihn zu beruhigen. Letzten Endes haben sich die beiden auf eine Frist von einer Woche geeinigt. In dieser Zeit sollte René versuchen das Ganze wieder glatt zu ziehen. Ich habe einige Telefonate mitgehört. In den meisten hat René zwar seinen ganzen Charme spielen lassen, aber dennoch wenig erreichen können."

„René hat Charme?", unterbrach ich verwundert meine Kollegin, die ernsthaft besorgt wirkte.

„Du hast ihn wohl noch nicht erlebt, wenn er etwas möchte? Unser Kollege kann ein ausgesprochen charmanter Kerl sein, wenn er versucht seine Wünsche durchzusetzen.

Das merk Dir nur gut, bevor Du ihm eine Reihe Gefallen versprochen hast, ohne es zu merken."

Toni schüttelte erneut den Kopf. Sie blieb mit ihrem Blick an den Bergen auf Renés Schreibtisch hängen, seufzte und fuhr fort.

„Am Freitag kam er erst kurz vor Mittag, war völlig fertig, stierte die meiste Zeit seinen Monitor an. Das war wirklich nicht schön anzusehen. Am schlimmsten war dabei, dass es so aussah, als versuchte er durch sein Leiden hindurch zu grinsen oder sich zu freuen.

Wir sprachen nicht mehr als guten Tag und guten Weg. Am Wochenende muss er ebenfalls hier gewesen sein. Freitag waren es nämlich noch vier Stapel auf seinem Schreibtisch, alle deutlich höher als die."

Sie zeigte mit der Hand auf die Stapel. „Um also Deine dritte Frage auch noch zu beantworten: Wenn das eine Erweiterung der Eisenhower-Methode ist, kenne ich sie auch noch nicht."

„Glaubst Du, dass er abgestürzt ist?" Ich war mir zwar nicht sicher, ob diese Frage richtig war. Ich wusste noch nicht mal, ob ich überhaupt selbst so genau hätte sagen können, was ich damit in Erfahrung bringen wollte. Aber es war die einzige Frage, die mir nach dieser Geschichte eingefallen war.

Erst nach dem Aussprechen rekonstruierte mein Gehirn die Zusammenhänge dessen, was ich über Alkoholismus wusste. Mir wurde klar, dass ich gerade etwas angesprochen hatte, was bislang ein absolutes Tabuthema in unserer Runde gewesen war. Ich sah zögernd auf, denn Antonia antwortete mir nicht. Als sich unsere Blicke trafen, nickte sie nur.

René kam erst am Dienstag wieder ins Büro. Er wirkte fitter, als ich es erwartet habe. Sobald er seinen Rechner gestartet hatte, verkündete er: „Ich werde mal schnell noch den Überstundenabbau von gestern nachtragen." Für René war das Thema damit durch. Ich hätte ihn vermutlich auch damit durchkommen lassen, doch Toni sah das anders. Sie stellte unseren Kollegen ziemlich barsch zur Rede:

„Ist es wirklich zu viel verlangt, dass Du zu Beginn eines Arbeitstages Bescheid gibst, wenn Du hier nicht erscheinst? Wir haben uns Gedanken gemacht. Wir hatten keine Ahnung, was wir Anrufern sagen sollten."

René drehte sich langsam zu ihr um. Musterte sie einen Moment, dann begann er laut zu lachen. Er stand auf, ging zu unserem Wandkalender, in dem wir für die bessere Übersicht Urlaube und andere geplante Abwesenheiten vermerkten und zeigte mit dem Finger auf den gestrigen Montag.

Dort stand es schwarz auf weiß: ,*René: Überstundenabbau*' Ich konnte es sogar im Sitzen erkennen. Wie konnten wir das nur übersehen haben? Toni war hochrot angelaufen.

René setzte sich wieder und sagte: „Nach der letzten Woche brauchte ich mal einen Tag für mich. Ich habe es erst am Samstag eingetragen, als ich hier los bin. Falls Ihr mal wieder Sehnsucht nach mir habt und den Kalender nicht lesen könnt, dann ruft mich doch einfach an. Ich hoffe mal, dass Ihr keine Vermisstenmeldung ausgelöst habt."

René war weiterhin am Lachen. „Ach ja Freitag ging es mir übrigens nur körperlich schlecht. Ich habe am Donnerstagabend endlich dieses Kundenproblem lösen können und mich anschließend mit ein paar Drinks belohnt. Die verlorene Zeit habe ich dann Samstag nachgeholt, also kein Grund zur Sorge."

Rückfall in alte Muster

Da weder Toni noch ich etwas zu unserer Verteidigung zu sagen hatten, zogen wir es vor zu schweigen. Insbesondere in Bezug auf diese Vermutung, die ich geäußert hatte. Durch unser Schweigen kam aber auch etwas anderes nicht zur Sprache, nämlich die Abkehr Renés von der Idee eines aufgeräumten Arbeitsplatzes.

Toni war den Rest der Woche außer Haus. Ich allein traute mich nicht René darauf anzusprechen. Allerdings wurde mir recht schnell klar, dass diese acht Stapel auch zehn hätten sein können, oder eben ein einziger. René legte die Vorgänge achtlos dahin, wo sie gerade Platz fanden. Er war komplett in sein altes Arbeitsmuster zurückgefallen.

Doch auch bei mir sah es nicht rosig aus. Ehrlicherweise hatte es am Donnerstag der letzten Woche angefangen, als ich mir vorgenommen hatte am Freitag früher Feierabend zu machen. Seitdem habe ich die E-Mails wieder behandelt, wie früher. Das ging jetzt schon fast eine Woche so. Bloß gut, dass Toni nicht da war, sie hätte sonst mein schlechtes Gewissen weiter verstärkt.

Während ich diesen Gedanken nachhing, hörte ich plötzlich René neben mir sagen: „Ordnung schaffen ist nicht schwer, Ordnung halten aber sehr." Er klopfte mir aufmunternd auf die Schultern. „Gut zu wissen, dass es Dir auch nicht viel besser ergeht als mir." Er zog sich einen Stuhl ran und setzte sich fast schon mit an meinen Tisch. „Ist das Dein erster Versuch Struktur in Deine Arbeit zu bekommen?"

„Ich denke schon. Das hier ist der erste Job, der länger als ein paar Monate dauert." Ich überlegte einen Moment lang, doch vor diesem Job habe ich tatsächlich nur in verschiedenen Praktika gearbeitet. Da wusste man schon am ersten Tag, wann wieder der letzte war. In dieser Zeit ging es nicht um die höchste Effektivität, sondern vielmehr darum, möglichst viel auszuprobieren.

„Kleiner, das hier ist nicht mein erstes Rodeo. Ich habe schon einiges ausprobiert, was einen angeblich zum Superhelden der Schreibtischkrieger werden lässt. Einiges war gut, vieles war von vornherein Blödsinn. Die Schwierigkeit ist immer die Gleiche. Nach der ersten Euphorie dabeibleiben. Diszipliniert weiter machen, bis es zur Gewohnheit wird. Die verwendete Technik könnte dabei schon fast zweitrangig sein."

Er blickte mich an, als ob ich ihm zustimmen sollte. Doch ich habe diese Erfahrungen nicht gemacht, was sollte ich also sagen? „Weißt Du was? Diese Sache hier sollten wir noch mal probieren. Nicht nur um unserer Kollegin zu gefallen.

Ich habe letzten Donnerstag bei meiner Siegesfeier einen alten Freund getroffen. Irgendwie kamen wir kurzzeitig darauf uns über diese Sache hier zu unterhalten."

Er zeigt mit dem Daumen auf das Chaos, welches er seinen Arbeitsplatz nennt. „Dieser alte Freund hat mir eine Geschichte aus seiner Ausbildung erzählt. Damals war er nach einem harten Tag drauf und dran die Baustelle zu verlassen, als ihn sein Meister noch mal zurückpfiff. Meckernd sei er dem Ruf gefolgt. Widerstrebend hat er sich nach dem Wunsch des Meisters erkundigt.

Dieser hätte ihm dann aber eine der wertvollsten Lektionen für sein weiteres Arbeitsleben erteilt. Er hieß ihn die Baustelle aufzuräumen und zu fegen. Gerade weil es auch am nächsten Tag wieder anstrengend werden würde, sei es wichtig, sich nicht schon morgens zu demotivieren, wenn man die Arbeit an einer schmutzigen Baustelle aufnimmt.

Stell Dir das vor Timmy, dem Typen bringen sie das in der Ausbildung bei und wir brauchen hier erstmal unsere liebe Antonia, die ein teures Coaching geschenkt bekommt, damit diese einfache Regel hier Einzug hält."

Das René mir diese Geschichte erzählte, beeindruckte mich in mehrerlei Hinsicht. Noch nie hatte René so viel über sich Preis gegeben. Viel mehr überraschte mich, dass er versuchte, hier die Motivation hochzuhalten. So kannte ich meinen Kollegen gar nicht. Die Begründung Antonia zu gefallen, ja das passte voll und ganz zu ihm, aber der Rest war mir absolut neu.

Da ich nicht antwortete, hielt René mir die Hand über den Tisch. „Abgemacht?" Ich schlug ein und nickte. René stand auf, stellte den Stuhl zurück, dann ging er zu seinem Tisch. Er drehte sich grinsend zu mir um. „Ich suche mal noch ein paar Vierer für die Rundablage."

Mit den Vierern, die man gar nicht erledigen, sondern direkt löschen konnte, zu beginnen, hat meine Motivation auf ein ausreichend hohes Level gebracht, dass ich bis zum Feierabend mein E-Mailpostfach wieder komplett im Griff hatte. Ein wirklich gutes Gefühl. Auch die Metapher mit der Baustelle gefiel mir zunehmend besser, die ließ es mir irgendwie noch logischer erscheinen, mich an diese neue Arbeitsweise halten zu wollen.

Verletzte Persönlichkeitsrechte

Nach dem folgenden Wochenende wollte ich gern eine Woche Urlaub beantragen. Ich habe es nicht nur nicht geschafft am Freitag etwas früher Schluss zu machen, ich habe auch noch einem Freund beim Umzug geholfen. So war auch der Samstag für die Erholung verloren.

Am Sonntag konnte ich allerdings auch nicht Nichts tun. Ein Bekannter bat mich, eine Stadtführung zu begleiten, weil er mit seinen ausländischen Gästen nicht allein durch die Innenstadt ziehen wollte. In Kombination mit meinem Muskelkater vom Vortag war dieser Rundgang deutlich weniger schön, als mein starker Lokalpatriotismus es zulassen mochte.

So lief ich also matt und abgeschlagen am Montagmorgen Richtung Firma. Ich stand wie ein Zombie in der Bahn, schenkte niemandem ein Lächeln. Doch der Blick ringsum lud auch wirklich nicht zum Lächeln ein. Entweder starrten die Leute auf ihre Smartphones oder nach draußen. Es war mir also nicht übelzunehmen, dass ich an jenem Montag niemanden angelächelt habe. Ich war bei weitem nicht der einzige Griesgram in meiner Bahn.

Ich nahm mir vor, Toni darauf anzusprechen. Sie hatte erzählt, dass ihr Coaching auf das Wohlbefinden einzahlen sollte. Es gab noch viele weitere Themen neben der Arbeit, die auf das Wohlbefinden einwirkten. Wurden die im Coaching auch bearbeitet? Vielleicht konnte Toni mir dazu auch mal den ein oder anderen Tipp mitgeben.

Im gleichen Moment kam mir der Gedanke, dass der Vergleich zur Baustelle vielleicht nicht der einzige, sinnvolle war. Ob das Leben allein mit einem aufgeräumten Schreibtisch grundsätzlich besser wurde?

Diese Überlegung ließ mich letztlich doch noch lächeln auf meinem Weg zur Arbeit. Leider wurde sie ziemlich zeitgleich durch einen nicht unerheblichen Adrenalinstoß beendet. Ich war so sehr darin vertieft gewesen, dass ich meine Station verpasst habe. Nach dem ersten Schrecken konnte ich herzhaft über mich selbst lachen.

„Das Training rettet meinen Montag, auch wenn ich gar nicht persönlich daran teilnehme", dachte ich fröhlich.

Der Weg zum Büro war durch die verpasste Station ungefähr zehn Minuten länger geworden. So kam ich eher gegen halb neun ins Büro als kurz nach acht, wie es meiner Gewohnheit entsprach. An der Situation, die ich dort vorfand, änderte es jedoch nichts. Ich war wie üblich der Erste im Büro. Mir ging es dabei nicht mal zwingend darum nachmittags möglichst zeitig in den Feierabend zu gehen. Viel mehr genoss ich die Ruhe am Morgen, bevor die anderen kamen. Da konnte man wirklich ablenkungsfrei arbeiten.

Nach drei Vorgängen blickte ich das erste Mal zur sich öffnenden Tür. René kam. Wenn er nicht gerade am Telefon zu tun hatte, war das kaum ein Unterschied zum leeren Büro. Er war nicht sonderlich gesprächig und seine Tastatur relativ leise. Zur Begrüßung gab es von René selten mehr als ein ‚Moin' zu hören. Er hatte es sich wohl angewöhnt, als er in grauer Vorzeit einige Jahre im Norden der Republik gearbeitet hat.

Nach zwei weiteren Vorgängen kam Toni rein. Ihre Begrüßung war grundsätzlich etwas lebendiger. Doch heute kam direkt hinter Toni noch jemand ins Büro. Es war Pierre. Er arbeitete in irgendeinem Bereich der internen Betriebsorganisation. Ihn hier zu sehen, war mindestens ungewöhnlich.

„Guten Morgen Leute, ich wollte Euch kurz Bescheid geben, dass wir nachher einen Rundgang mit unserer neuen Informationssicherheitsbeauftragten und dem Datenschutzbeauftragten machen. Eigentlich soll das nicht angekündigt werden, aber scheinbar will Jürgen vom Datenschutz Eindruck schinden. Tut also etwas überrascht, um ihn nicht auffliegen zu lassen." Pierre wollte schon wieder gehen, dreht sich aber noch mal in den Raum und wandte sich an René. „Der

Datenschutz-Jürgen und Du, Ihr kennt Euch doch ziemlich gut, weißt Du etwas Genaueres?"

„Gut kennen ist übertrieben. Wir waren ein paar Male zusammen unterwegs, aber das war noch bevor Jürgen zum Datenschutz-Jürgen wurde. Seitdem ist er meistens zu beschäftigt, oder will nur über verletzte Persönlichkeitsrechte erzählen.

Von der Informationssicherheitsbeauftragten habe ich von ihm noch nichts gehört. Aus der Chefetage hieß es bloß, dass die Dame eine absolute Spezialistin auf ihrem Gebiet sei. Man erwartet wohl, dass sie einiges an Staub aufwirbeln wird. Ich halte mich da raus, ist ohnehin ein Thema für die IT." René zuckte mit den Schultern. Pierre schien sich damit zufrieden zu geben und ging.

„Datenschutz-Jürgen redet nur noch über verletzte Persönlichkeitsrechte?

Ihr trefft Euch nicht mehr wöchentlich zu Eurer Skatrunde?

Da muss erst der Pierre ins Büro kommen, damit man so etwas erfährt."

Toni grinste über das ganze Gesicht, hielt den Kopf leicht schief und forderte René mit ihrer ganzen Körperhaltung heraus.

„Komm schon René! Du weißt doch was."

„Als ob ich in Gegenwart von Plapper-Pierre irgendwelche Informationen rauslassen kann. Klar hat Jürgen was erzählt. Er ist völlig aufgelöst. Während er nur eine kleine Weiterbildung zum DSB[1] gemacht hat, hat die Neue wohl richtig Ahnung vom Thema und spielt ihn locker gegen die Wand, wenn sie das möchte. Außerdem sieht sie wohl auch noch verboten gut aus, wenn ich ihn hier mal kurz zitieren darf."

---

[1] Datenschutzbeauftragten

„Na das klingt doch schon viel spannender als: Die Chefetage hält sie für eine absolute Spezialistin. Hast Du sie denn schon mal gesehen?"

„Nein, selbst unser Datenschutz-Jürgen ist noch nicht so durchgeknallt, dass er überall Fotos zeigt. Wie gesagt, wir spielen meistens Skat zusammen. Dabei werten wir in der Regel nicht die gegenseitigen Tagesabläufe aus, sondern konzentrieren uns auf's Wesentliche. Du wirst doch gleich sehen, ob Sie mit Dir mithalten kann."

Antwortete er Toni und ergänzte an mich gewandt: „Timmy, dir kann ich für nachher nur empfehlen, ganz genau auf Jürgen zu achten. Ich bin mal gespannt, ob der mit zwei attraktiven Frauen in einem Raum überhaupt noch den Mund aufbekommt."

„Okay, okay. Ich schaue sie mir einfach nachher an." Toni gab es also auf, weitere Informationen über die neue Kollegin aus René herausholen zu wollen. Aber Toni hatte noch eine ergänzende Frage

„Sagt mal, kommt Euch das mit dem Rundgang nicht komisch vor? Seitdem ich hier arbeite, habe ich noch nie einen solchen Rundgang mitbekommen."

Ich antwortete: „Komisch vielleicht nicht, aber mir ist auch nicht bekannt, dass es solche Rundgänge hier auch schon früher gegeben hätte." Wieder war es an René zu antworten. Er ist schließlich auch der Dienstälteste, wenn diese Rundgänge hier eine Tradition hatten, dann sollte er es wissen.

„Ich sehe, dass ihr mich wissbegierig anstarrt. Aber ich muss Euch enttäuschen. Es ist auch für mich der erste Datenschutzrundgang. Bislang kenne ich nur den vom Arbeitsschutz. Der ist eigentlich immer im Mai. Da kommt vorher eine offizielle Benachrichtigung.

Führt dann meistens dazu, dass ich den halben Tag damit zu tun habe, die Stapel auf meinem Schreibtisch gegen das Umfallen zu sichern. Letztes Jahr haben Timmy und ich alle in den

Kleiderschrank gestapelt, damit wir unseren Stempel bekommen. Erinnerst Du Dich noch?"

Ich erinnerte mich gut. Es hatte sich falsch angefühlt. Doch selbst Lutz, unser Abteilungsleiter, hatte seinerzeit gute Miene zu bösem Spiel gemacht und das Engagement gelobt.

Alles muss weg!

Zum Mittag waren wir von einem Kollegen aus der Dritten eingeladen. René nutzte solche Anlässe gern. Er hatte so die Gelegenheit mit gesellschaftlicher Anerkennung schon am Mittag etwas zu trinken. In der Regel führten solche Veranstaltungen dazu, dass er erst nach Zwei wieder am Schreibtisch aufkreuzte und spätestens gegen Vier verschwunden war. Für gewöhnlich kam er dann am nächsten Tag etwas später. Meistens gezeichnet von der verlebten Nacht.

Ich überlegte, ob es schon zu Alkoholismus zählte, wenn einer einfach nicht aufhören konnte, bevor er einschlief. Gelegentlich wollte ich eine Freundin danach befragen. Sie beschäftigte sich schon länger mit Suchterkrankungen. Da sollte sie es wissen.

All das ging mir durch den Kopf, während ich in Gedanken verloren an meinem Bier nippte. Es war bereits das Zweite. Da ich am Abend ohnehin noch losziehen wollte, hatte ich einfach ja gesagt. Warum sollte ich nicht auch mal Fünfe gerade sein lassen?

René hatte sich bereits aus der Runde verabschiedet. Er hat dieses Mal nur ein Glas Sekt zum Anstoßen gehabt. Ob meine Sorgen unbegründet waren? Sollte ich mich vielleicht lieber um mich selbst sorgen? Nein, das war eine absolute Ausnahme. Ich nahm noch ein drittes Bier. Mir stand der Sinn danach. Ich wollte nicht zurück an meinen Arbeitsplatz, wusste aber nicht warum.

Nach dem dritten Bier fand ich keinen interessanten Gesprächspartner mehr. Ich ging ins Büro zurück. Unterwegs fiel mir ein, warum ich am liebsten früher gegangen wäre. Die Datenschutzbesichtigung mit unserer neuen Informationssicherheitsbeauftragten war der Grund.

Als ich unser Büro erreichte, war dort einiges los. Ein Mitarbeiter der Haustechnik brachte gerade ein Türschloss an. Unser Abteilungsleiter Lutz stand an meinem Arbeitsplatz. Neben ihm die

Informationssicherheitsbeauftragte und schräg dahinter Datenschutz- Jürgen. Ich hörte mich sagen: „Kann ich helfen?" Die Antwort ließ nicht lange auf sich warten.

„Klar kannst Du das Timmy. Magst Du vielleicht mal Susann von der Informationssicherheit erklären, was die Post-Its rund um Deinen Bildschirm zu bedeuten haben? Sie ist besorgt, dass es sich dabei um Anmeldeinformationen handeln könnte."

„Einen Moment, dann erkläre ich das kurz." Antwortete ich, ohne den Blick von Susann abgewendet zu haben. Sie drehte sich zu mir um, als ich sprach. Erst wirkte sie einen Augenblick lang sehr verwundert, dann erkannte Sie mich.

„Timmy? Bist Du das? Haben wir nicht zusammen in Passau den Bachelor gemacht?"

„Ja, haben wir." Ich ging auf meinen Arbeitsplatz zu, um die einzelnen Post-Its erklären zu können. Leider waren tatsächlich einige Anmeldeinformationen dabei. In letzter Zeit arbeiteten wir immer häufiger mit verschiedenen Online-Portalen von Lieferanten oder Dienstleistern. Da die Firma uns keinen Passwort-Manager bereitstellte, hatte ich diesen Weg gewählt.

Lutz wollte mich sofort in Schutz nehmen, doch Susann meinte sehr versöhnlich: „Ist doch kein Beinbruch. Timmy, bitte überleg Dir künftig einen besseren Weg Dir Deine Passwörter zu merken. Es wäre wichtig, dass Du die bestehenden alle einmal änderst, damit wir sicher sein können, dass diese hier nicht schon korrumpiert sind. Bitte erledige das noch heute. Ach ja, die Post-Its müssen übrigens auch alle weg."

„Kann ich dann vielleicht einen Passwort-Manager dafür verwenden? Im Browser speichern ist ja auch keine Alternative, oder?"

„Timmy, das ist eine gute Idee. Ich schaue mal, ob wir Euch allen eine Lizenz besorgen können." Susann legte mir die Hand auf die Schulter. Ich fühlte mich wie ein Schuljunge. Die drei Bier vom

Mittag ärgerten mich plötzlich sehr, denn ich war mir sicher, dass man beziehungsweise insbesondere Susann sie riechen konnte. Die ganze Situation war mir total peinlich, denn alle im Raum schauten mich an.

„Ich habe noch eine Frage." Begann ich etwas zu zaghaft, denn Lutz antwortete sofort ohne, dass ich die Frage stellen konnte.

„Mach Dir keine Sorgen Timmy, das mit den Passwörtern hat keine Konsequenzen. Wir lernen alle nicht aus. Dafür ist Susann schließlich hier, um uns dabei zu unterstützen etwas sorgsamer mit den Daten des Unternehmens umzugehen."

„Das meine ich gar nicht. Der Gedanke war mir noch gar nicht gekommen. Kann man tatsächlich Ärger dafür bekommen, weil man Passwörter von so ein paar Online-Portalen an den Monitor klebt?"

Ich war ehrlich verwundert, auch wenn ich wusste, dass die Idee mit den Post-Its nicht die beste war. Immerhin kam hier niemand außer mir oder meinen Kollegen vorbei. René kannte sogar mein Passwort für unsere interne Anmeldung. Dem konnte ich wohl auch die Passwörter für diese Portale zugänglich machen.

„Timmy? Ist die Frage ernst gemeint? Du hast doch zu Beginn Deiner Tätigkeit eine Vereinbarung zum Datenschutz unterschrieben. Da wurde unter anderem deutlich geregelt, dass die Weitergabe von Anmeldeinformationen sogar disziplinarische Konsequenzen haben kann. Erinnerst Du Dich nicht mehr an dieses Dokument?" Lutz klang auf einmal viel mehr nach Abteilungsleiter als jemals zuvor.

Mir wurde kurz schlecht. Das Ding hatte ich wohl unterschrieben, aber niemals im Detail gelesen. Es war halt eine dieser üblichen Vereinbarungen. Die kann man so unterschreiben, dachte ich seinerzeit. Ich nahm mir vor noch am selben Tag zu schauen, was ich mit meinem Arbeitsvertrag noch alles unterschrieben hatte.

Susann mischte sich ein: „Keine Sorge. Dieser Rundgang soll eine Art Bestandsaufnahme sein. Ich will mir einen Eindruck davon verschaffen, was hier alles gut oder weniger gut läuft. Die Regelungen zum Datenschutz und zur Informationssicherheit werden zeitnah überarbeitet. Anschließend erhaltet Ihr regelmäßige Schulungen, damit die Vorgaben jederzeit präsent sind."

Ich hätte mich gern in Luft aufgelöst. Da stand die Susann, die mit mir zusammen den Bachelor gemacht hatte. Die mir lachend einen Korb gegeben hatte, weil ich ihr zu lieb und streberhaft gewesen bin. Diese Susann belehrte mich nun darüber, wie ich mit meinen Passwörtern umzugehen hatte.

In diesem Moment bereute ich zum ersten Mal, dass ich meinen Master nicht mehr gemacht, sondern direkt mit dem Arbeiten begonnen hatte.

Doch es ließ sich nicht mehr ändern, also konnte ich meine eigentliche Frage auch gleich noch stellen: „Ok, habe ich verstanden. Ich wollte ursprünglich auch etwas anderes fragen. Nämlich, warum wir jetzt ein extra Türschloss erhalten?"

Datenschutz-Jürgen schwitzte noch mehr als ich. Er schüttelte langsam den Kopf, als wollte er meine Frage damit rückgängig machen. An der Stelle kam Toni mir zu Hilfe. „Hey Timmy, lass die Truppe doch erstmal weiterziehen. Das mit dem Schloss erklären wir Dir gleich in Ruhe. Hier schon mal Dein Schlüssel."

Mit einem geflöteten Dankeschön rauschte Susann aus dem Raum, um ihren Rundgang fortzusetzen. Lutz lächelte uns aufmunternd zu, hielt den Daumen nach oben und folgte ihr. Jürgen seufzte tief, sah erst René an, dann mich. Er sagte zu René: „Einen feinen Schüler hast Du da." Dann beeilte er sich, den beiden anderen zu folgen.

Kaum waren alle weg, stand René auf. Er kam zu mir an den Tisch. „Ist alles in Ordnung mit Dir, Kleiner? Du siehst ziemlich blass aus um die Nase."

„Geht schon." murmelte ich mehr zu mir selbst als zu ihm.

42

Toni aber lachte bloß. Sie fragte lachend: „Na Männer, wollen wir uns vielleicht ein Gläschen Wein besorgen, damit wir uns den Kummer von der Seele reden können?"

„Rot oder weiß?", hörte ich René fragen. „Ich möchte mich gern anschließen, sobald ich vom Rapport zurück bin."

„Such Du etwas aus. Du siehst zwar besser aus als Timmy, aber ich denke, Du bist schwerer getroffen."

„Du bist ein Schatz. Ich stimme für rot. Gehst Du jetzt tatsächlich?" Doch Toni antwortete nicht mehr. Sie nahm ihre Jacke und ging.

Mir war das alles zu viel. Ich setzte mich und warte einfach darauf, dass mir jemand erklären würde, was hier gerade passiert war. Doch eins war mir in diesem Moment schon klar. Eine weitere Bürorunde mit drei Bier würde ich mir höchstens noch mal genehmigen, wenn ich vorher darüber nachgedacht hatte, was der Tag noch so brachte.

Was im Büro passiert, bleibt im Büro

Noch während ich mich selbst bemitleidete, weil das Wiedersehen mit meiner Studien-Schwärmerei peinlicher kaum hätte sein können, verließ René das Büro. Lutz hatte kurz rein geschaut und ihm ein Zeichen gegeben. Mit einem Mal war ich wieder voll da. Wir bekamen ein Türschloss für unser Büro. René hatte kein Wort gesagt, nach dem er sich vergewissert hatte, dass es mir einigermaßen gut ging.

Es muss noch mehr vorgefallen sein, als Susann bei uns im Büro war. Ich begab mich auf einen Erkundungsgang durch unsere Etage. Außerdem forderte das Bier seinen Tribut. Es gab nur ein weiteres Büro, an dem ein Schloss angebracht wurde. In diesem Büro befand sich hinter einem der Kollegen ein kleines Papierarchiv mit besonderen Vorgängen. Ganz genau wusste ich nicht mal, was es für welche waren. Ich wusste nur, dass dieses Büro jetzt auch ein separates Schloss bekam.

Alle anderen Büros waren so geblieben, wie sie waren. Ich versuchte im Vorbeigehen die Stimmung zu erfassen. Leider helfen drei Bier nicht unbedingt dabei Nuancen in der Kommunikation zu erfassen, die einen erahnen lassen, ob irgendetwas in der Luft liegt. Zumindest helfen sie mir nicht dabei. Es wirkte jedoch alles ruhig. Die ganz große Aufregung war also durch den Rundgang nicht ausgelöst worden.

Auf dem Rückweg sprach mich ein Kollege an. Sein Name wollte mir nicht einfallen. „Na, bekommt Ihr wieder eine Sonderbehandlung wegen des Dinosauriers?" René wurde von einigen Kollegen so genannt, weil er, wie er selbst immer sagte, vermutlich schon auf seine Inventarnummer reagieren würde, wenn man ihn damit riefe.

„Sorry, ich verstehe nicht ganz. Meinst Du das Türschloss?" War meine ausweichende Antwort.

„Ja, klar, oder gab es etwa noch mehr Besonderheiten für Euch?"
Ich schüttelte nur den Kopf und ging weiter. Diesen Typen mochte
ich noch nie. Selbst, wenn er mir Arbeitsvorgänge weiterleitete,
hatte ich das Gefühl seine dumm-dreiste Art zwischen den Zeilen
zu lesen. Mit solch einer negativen Grundschwingung zwischen uns
beiden, fiel es mir nicht gerade leicht, ungezwungenen Smalltalk zu
halten. Außerdem fand ich es respektlos René als Dinosaurier zu
bezeichnen, bloß, weil er eben der Dienstälteste auf der Etage war.

Als ich in unser Zimmer zurückkehrte, dauert es nicht mehr lang,
bis Toni kam. Sie hielt triumphierend zwei Flaschen Rotwein in die
Luft. Das mit dem Wein hatte ich nicht verstanden. *‚Ob ich sie
danach fragen sollte? Vielleicht würde es sich im Gespräch auch
so aufklären.‘*, dachte ich.

„Wow, diese Susann ist echt eine großartige Frau. Ich hätte
allerdings gedacht, dass Du eher auf einen dunkleren Typ stehst."
Eröffnete Toni grinsend das Gespräch. „Ihr kennt Euch also vom
Studium? Hattet Ihr viel miteinander zu tun, oder war sie eher eine
Schwärmerei von Dir?"

*‚Wie konnte Toni derart auf den Punkt genau wissen, was zwischen
Susann und mir damals war?‘* Ich sah Toni einfach nur an, ohne zu
antworten. Sie lächelte ein gemeines Lächeln und begann die erste
Flasche zu entkorken. „Mit einem Gläschen wirst Du schon
gesprächiger werden mein junger Freund." Es folgte ein gestelltes
Bösewicht-Lachen, dann fuhr sie fort: „Oder muss ich mich etwa
erst mit Susann anfreunden, um die Wahrheit zu erfahren?"

Also erzählte ich ihr die Geschichte. Viel zu erzählen, gab es
ohnehin nicht. „Susann war eben eine Kommilitonin. Sie war
damals schon sehr attraktiv. Irgendwie war sie bei allen beliebt,
obwohl sie nicht wirklich etwas dafür tat. Zumindest bemerkte ich
es nicht. Sie fehlte regelmäßig, konzentrierte sich viel stärker auf
den Party-Kalender als auf den Vorlesungsplan. Trotzdem schaffte
sie es immer einen positiven Eindruck beim Prof zu hinterlassen,
wenn sie mal da war. Ich habe ihr mal bei einer Hausarbeit
geholfen. Keine Ahnung warum, aber ich hatte anschließend das

Gefühl sie schulde mir etwas. Also dachte ich, es sei ein guter Zeitpunkt sie zu einem Date einzuladen.

Sie nahm die Einladung zum Essen gern an, war allerdings anschließend noch mit Freunden verabredet. Damals sagte sie mir lachend ins Gesicht, dass ich ihr ohnehin zu lieb und streberhaft sei, um sich eine amouröse Beziehung mit mir vorzustellen." Mein Weinglas war leer. Ich sah mich nach der Flasche suchend um, doch Toni schüttelte den Kopf.

„Wenn die Geschichte so kurz ist, warten wir mit dem nächsten Glas besser auf René" Sie zwinkerte mir zu. Ich wollte protestieren, doch da goss sie bereits lachend nach. „Du scheinst mir heute jedes Wort auf die Goldwaage zu legen mein lieber Kollege. Keine Sorge, was im Büro passiert, bleibt im Büro. Dabei fällt mir ein. Du brauchst auf Dein neues Bad Boy Image auch nicht besonders stolz sein. Hier in der Abteilung hatte ungefähr ein Drittel der Mitarbeiter Passwörter entweder rund um den Monitor oder unter der Tastatur platziert. Susann hat in diesem Laden noch einiges zu tun. Du bist höchstens durch Deine Nachfragen aufgefallen, oder weil Du mit René in einem Zimmer sitzt."

Das war meine Gelegenheit nach dem Türschloss zu fragen. Ich erzählte kurz von meinen Beobachtungen auf der Etage, dem Gespräch mit dem Kollegen, dessen Name mir nicht einfallen wollte und stellte meine Frage.

„Ja Timmy, das Türschloss ist tatsächlich eine Sonderbehandlung. Da hat Stefan schon Recht. Ich mag diesen Burschen übrigens auch nicht. Er hat so etwas Schleimiges an sich. Wir bekommen also dieses Schloss. Es liegt an René. Als die Reisegruppe hier einen Zwischenstopp einlegte, bekam Deine Susann beinahe einen Herzinfarkt.

Sie wusste im ersten Moment überhaupt nichts zu sagen. Datenschutz-Jürgen wollte schon wieder gehen, Lutz sowieso. Susann fragte schließlich ziemlich pikiert: ‚Was ist das hier für ein Arbeitsplatz?' So wie Du René kennst, antwortete er fast schon mit ein bisschen Stolz in der Stimme, dass es seiner sei. Die nächste Frage von Susann lautete: ‚Wann verschwinden die Akten von Ihrem Tisch?‘ Unser lieber René war charmant wie immer, als er antwortete: ‚Vermutlich, an dem Tag, an dem ich in Rente gehe.‘

Sie fasste sich in diesem Augenblick, bat René für später noch zu einem Einzelgespräch zu sich ins Büro und nahm sowohl Lutz als auch Jürgen zu einer kurzen Besprechung mit ins Nebenzimmer. Als die drei wieder reinkamen, wirkte Jürgen, als hätte er geduscht, so nass geschwitzt war er. Ab da übernahm Lutz alle weiteren Erklärungen. Das klang dann ungefähr so:

‚Alles, was an personenbezogenen Daten offen auf dem Tisch liegt, muss weg. Da es bei diesen Mengen kaum in ein oder zwei Wochen getan sein wird, erhält dieses Büro ein separates Türschloss. Es wird für die Zeit der Aufräumarbeiten vom allgemeinen Putzplan gestrichen. Es darf von den Reinigungskräften nur betreten werden, wenn einer von Euch anwesend ist. Bitte nehmt dieses Thema sehr ernst. Jürgen wird die Fortschritte sehr eng überwachen.‘‘‘ Toni sah mich abwartend an. Ich hatte noch nichts dazu zu sagen.

Mein erster klarer Gedanke ging an den Putzplan. *‚Wann kamen die Putzfrauen? Waren es überhaupt Frauen? Wer reinigt eigentlich unser Büro?‘* Es dauerte noch einen Moment, bis ich antworten wollte, doch Toni hatte es scheinbar nicht eilig, denn sie drängte mich nicht.

„Wann wird denn unser Büro geputzt? Weißt Du auch von wem?“ Waren dann tatsächlich die Fragen, die ich ihr stellte.

„Ist das Dein Ernst? Das sind die dringendsten Fragen, die Dir dazu einfallen? Also jeden Dienstagabend gegen 18.oo Uhr kommt eine Putzkraft von einer externen Firma. Wer unser Büro putzt, steht dabei nicht fest, da die Firma immer diejenigen Personen zu uns schickt, die gerade verfügbar sind.“

Kurze Zeit später, die ich mich mehr oder minder hinter meinem Monitor versteckt hatte, kam René zurück. Er ließ sich in seinen

Stuhl fallen, seine Tasche daneben zu Boden gleiten. Er atmete schwer. Schließlich seufzte er: „Hilft ja alles nichts. Ob ich wohl auch einen Schluck von diesem vorzüglich duftenden Rotwein bekommen könnte? Ich habe einen trockenen Hals." Toni lachte. Sie gab ihm ebenfalls ein Glas. So saßen wir zu Dritt in unserem neuerdings abschließbaren Zimmer und prosteten einander zu.

Die angeordnete Verwandlung

René holte die zwei Gläser Vorsprung, die ich hatte, im Nu auf. Mit dem Dritten in der Hand begann er zu sprechen. „Es freut mich, dass Du das Wiedersehen mit Deiner Studien-Kollegin verkraftet hast. Doch was jetzt kommt, das könnte Dich durchaus noch stärker aus den Socken holen. Gieß Dir also lieber noch mal nach mein lieber Timmy." Dann fuhr er verschwörerisch flüsternd fort „Ich glaube Antonia ist eine Spionin im Auftrag der Geschäftsleitung. Eigentlich bin ich mir sogar ziemlich sicher. Ich habe es schwarz auf weiß!" Er sah dabei die ganze Zeit zwischen Toni und mir hin und her. Noch bevor wir wussten, was wir darauf antworten sollten, prustete René los.

Nachdem er sich beruhigt hatte, erklärte er uns endlich, was es mit den Anschuldigungen auf sich hatte. Dazu legte er jedem von uns einige bedruckte Blätter auf den Tisch, die er aus seiner Tasche geholt hatte. ‚Clean Desk Policy‘ war der Titel.

„Während unsere liebe Toni uns hier mit Wohlbefinden ködert, von innerer Ruhe spricht oder die Ausgeglichenheit anpreist, die von einem leeren Schreibtisch ausgeht, hat die Chefetage dieses Dokument hier vorbereitet."

Toni unterbrach ihn: „Erstens wusste ich davon nichts und zweitens ist das noch ein Entwurf. Woher hast Du das Dokument?"

„Es ist eine fast finale Version. Es werden nur noch Kleinigkeiten intern diskutiert. Zum Beispiel, ob man lieber mit fünf oder mit zehn Prozent Produktivitätssteigerung an die Mitarbeiter herantreten möchte. Außerdem ist das Datum der Einführung wohl noch nicht final festgelegt. Wenn ich unsere Informationssicherheitsbeauftragte richtig verstanden habe, gibt es in der Geschäftsleitung wohl auch den einen oder anderen Volltischler. Da die Herrschaften aber mit gutem Vorbild voran gehen wollen bzw. müssen, verschiebt sich die Einführung gegebenenfalls noch etwas.

Wir haben hier einen komplett anderen Blickwinkel. Während wir bisher aus der eigenen Brille darauf geschaut haben und Deine Vorschläge letztens erst wieder für gut befunden haben, liebe Toni, kommt jetzt die neue Perspektive.

Jeder Vorgang, den wir hier bearbeiten enthält personenbezogene Daten. Jeder Vorgang ist damit vor fremdem Zugriff zu schützen. Da die Reinigungsfirma extern ist, endet hier die Argumentationskette. Jeder Schreibtisch hat bei Feierabend leer zu sein. Alle personenbezogenen Daten sind zu entfernen. Dort, wo eine Bearbeitung in Papier notwendig ist, wird dieses bei Feierabend eingeschlossen.

Das ist übrigens auch der Grund, warum die Geschäftsführung als gutes Vorbild voran gehen muss. Dort liegen die sensibelsten Vorgänge. Wenn die Putzkolonne dort etwas findet, braucht sie bei uns einfachen Mitarbeitern gar nicht mehr suchen.

Diese Galgenfrist für die Einführung ist unserer Susann ein Dorn im Auge. Sie möchte am liebsten gestern begonnen haben und morgen Vollzug melden. Daher gab es jetzt diesen Rundgang. Angeblich um die ‚Clean-Desk-Policy' auf die besonderen Gegebenheiten unserer Firma anzupassen. Doch Jürgen hat mir versichert, dass es keine nennenswerten Anpassungen geben wird. Wie denn auch? Ein leerer Schreibtisch bleibt ein leerer Schreibtisch."

Jetzt unterbrach ich René: „War Jürgen bei deinem Gespräch mit Susann denn dabei? Habt Ihr wirklich so offen über diese Einführung gesprochen?"

René grinste mich an: „Nee Du. Der Jürgen wurde vor mir in Hab Acht gestellt. Scheinbar hat er seinen Job, aus ihrer Perspektive, bislang nicht besonders gut gemacht. Die ganzen Post-Its, die an jedem vierten Bildschirm gefunden wurden, hätte er wohl auch finden können. Er meint zwar, dass er nur die Regeln zu überwachen hätte, die sich das Unternehmen in Bezug auf Datenschutz gegeben hat, aber an der Stelle hätte ein Blick über den

Tellerrand beziehungsweise auf die Schreibtische bestimmt nicht geschadet.

Susann und ich, haben ziemlich offen über die Einführung gesprochen. Doch ein paar Details über die internen Diskussionen stammen aus meinem Gespräch mit Jürgen. Er hat mich abgefangen, als ich bei Susann raus bin. Den Entwurf hier", er zeigte auf die Unterlagen, die er verteilt hat, „habe ich allerdings direkt von der Chefin persönlich erhalten."

Er posierte mit eingezogenem Bauch und vor gespieltem Stolz geschwellter Brust. Er gefiel sich augenscheinlich in dieser Pose, denn er blieb so, bis er sich ein weiteres Glas Wein eingeschenkt hatte.

„Ich habe dadurch die einmalige Chance diese Informationen schon vor allen anderen zu verinnerlichen, die Vorgaben ab sofort anzuwenden und damit einen positiven Eindruck bei meinem Abteilungsleiter zu hinterlassen. Na, was meint Ihr? Aus welchem der beiden Gespräche stammt dieses Zitat?" René lachte. Dann fuhr er fort, ohne eine Antwort abzuwarten.

„Wenn es nicht so absolut richtig wäre, würde ich damit zum Betriebsrat laufen, um etwas zu stänkern. Doch dank Dir liebe Toni habe ja sogar ich bereits verstanden, dass es wirklich besser ist für das Wohlbefinden. Jetzt fehlt mir bloß noch der Feenzauber, um das mit der Umsetzung zu beschleunigen. Die Chefin geht momentan davon aus, dass die Richtlinie zum ersten Mai veröffentlicht wird." Er stockt, schaut mich fragend an und schüttelt den Kopf. „Sag mal Timmy, Ihr habt in Passau studiert, oder? Lernt man dort eigentlich nicht, dass der erste Mai ein Feiertag ist? Das ist doch noch in Deutschland, oder?" Ich verzichte darauf ihm diese Fragen zu beantworten. Vermutlich hätte er mir ohnehin nicht zugehört, denn er redet schon weiter.

„Also die Einführung ist derzeit geplant per ersten Mai. Es soll dann eine Übergangsfrist bis zum ersten Juli geben. Werden danach weiterhin Verstöße gegen die Richtlinie festgestellt, wird man diese nicht nur in den jeweiligen Personalakten der Mitarbeiter vermerken, sondern auch ahnden. Zumindest, wenn sich Susann diesbezüglich durchsetzen kann." René setzt sich an seinen Arbeitsplatz. „Ich habe aus heutiger Sicht also maximal bis zum ersten Juli Zeit, um meinen Tisch komplett leer zu bekommen. Falls das mit dem guten Eindruck bei Lutz klappen soll, sogar nur bis zum ersten Mai."

Es blieb einen Moment still im Büro. Wir alle ließen die gehörten Informationen sacken. Ich versuchte einzuordnen, wie sich René gerade positioniert hatte. Doch wenn ich alles richtig verstanden habe, dann hatte er akzeptiert, dass er seine Arbeitsweise umstellen muss.

Irgendwie empfand ich dies als Erleichterung. Vielleicht, weil wir hier in unserem Büro nur noch das Wie diskutieren würden, aber nicht mehr das Ob. Vielleicht aber auch, weil es mir mit seinem Segen leichter fallen würde, meine eigene Arbeitsweise umzustellen.

Schneller als gedacht

„Hey! Du hast den Wein leer gemacht!" Toni schien den vorwurfsvollen Ton nicht nur zu spielen. Doch René zuckte nur mit den Schultern, griff in seine Tasche, aus der er zuvor schon die Ausdrucke gezogen hatte und stellte vier neue Flaschen Wein auf seinen Tisch. Toni war sofort versöhnt.

„Jetzt, wo wir das mit der Versorgung geklärt haben, würde ich gern wissen, ob ihr bei Eurem Gespräch über die ‚Clean Desk Policy' auch darüber gesprochen habt, wie der Zustand von leeren Schreibtischen zu erreichen ist. Gibt es dazu noch ein Begleitdokument oder vielleicht Trainings zur Unterstützung der Mitarbeiter, für die das eine enorme Umstellung sein wird, wie Dich zum Beispiel?" Toni zeigt mit dem Glas auf René.

„Nein. Darüber haben wir nicht gesprochen. Die Richtlinie konzentriert sich ausschließlich auf die Beschreibung des Zielzustandes. Aber das hast Du ja gerade selbst gelesen. Außerdem werden überall die Möglichkeiten geschaffen etwas einzuschließen. Sonst hat Susann nichts gesagt. Für sie schien das auch keine so große Sache zu sein. Ich glaube sie war heute Mittag wirklich ehrlich schockiert, als sie meinen Platz gesehen hat. Scheinbar war meiner der erste dieser Art, den Sie je im echten Leben gesehen hat." René breitete die Hände über seinen Schreibtisch aus „Ein Wunder der modernen Arbeitswelt!"

„Die Richtlinie bezieht sich zunächst auf Papierdokumente. Hier geht es fast exklusiv um den Datenschutz. Das dürfte bei vielen Kollegen überhaupt keine Produktivitätsgewinne erzielen.", warf ich in die Runde. Im gleichen Moment hatte ich das Gefühl, dass unser Gespräch eigentlich gerade an einer anderen Stelle war. Verunsichert schaute ich René an.

„Stimmt.", sagte der nur. Er stand auf, hob feierlich sein Weinglas und sagte: „Wir trinken auf Antonia. Sie hat uns schon bevor die Gefahr drohte, sensibilisiert und vor allem anderen zeigt Sie uns einen Weg auf, wie wir die geforderten Ziele sinnvoll erreichen können!" Toni lächelte verlegen.

„Wir bleiben also dabei, dass wir die Tipps aus Tonis Training ausprobieren?" Ich wollte es unbedingt noch einmal von René hören.

„Viel mehr noch.", antwortete der. „Wir lassen uns von Toni coachen, damit wir es in den zwei Monaten bis zum ersten Mai tatsächlich schaffen. Ich weiß. Mein Anteil ist dabei größer als Deiner und es könnte übrigens auch gut sein, dass ich Eure Hilfe brauche, um den Tisch hier in so kurzer Zeit sinnvoll leer zu bekommen."

„Solange Du weiterhin für Nachschub sorgst, ist Dir meine Hilfe sicher." Ließ Toni sich vernehmen, die gerade noch die erste Flasche aus dem Vorrat von René öffnete. „Wie lange brauchst Du, um die Grundordnung mit der Priorisierung gemäß Eisenhower-Matrix herzustellen?"

„Du meinst die Aufteilung in Kategorien, bei der die Vier direkt weg kann? Das ist erledigt. Du siehst hier nur mehr Stapel, damit diese nicht umkippen. Tut mir leid Toni, die tiefhängenden Früchte sind schon geerntet."

„Mir geht es nicht um die Vierer. Das Erfolgsgefühl des Wegwerfens überlasse ich gern Dir. Sobald wir wieder nüchtern sind, sollten wir folgendermaßen vorgehen. Du konzentrierst Dich ausschließlich auf die Einser. Ich nehme mir die Zweier vor und versuche so viele wie möglich zu Dreiern zu machen. Timmy hält uns den Rücken frei, was die neu eingehenden Aufträge angeht. Das schafft er in der Urlaubszeit auch regelmäßig. In zwei Wochen sollten wir einiges geschafft haben. Wenn alles gut geht, können wir dann damit beginnen die digitalen Eingänge auszumisten. Timmy, bist Du dabei?"

Obwohl Toni viel kürzer in unserem Team war, fragte sie in diesem Moment mich, ob ich dabei war. Ich nickte langsam. Meine

Gedanken drehten sich in diesem Moment um ein anderes Thema. Scheinbar wirkte ich nicht motiviert genug, denn Toni sah mich an, als hätte ich abgelehnt. Also beeilte ich mich „Ich bin dabei! Gemeinsam packen wir das!" zu rufen.

Zwei Wochen hatte Toni für die Stapel auf dem Tisch von René veranschlagt. An Ehrgeiz mangelte es dieser Frau auf jeden Fall auch nicht. Sie wollte direkt alles, vor allem, dass sich die positiven Effekte für unser Wohlbefinden schon bis zum ersten Mai eingestellt haben würden.

Den Rest des Abends sprachen wir nicht mehr davon. Wir genossen einfach den Wein, unterhielten uns über Dies und Das, vergaßen für einen Moment die bevorstehende Mammutaufgabe.

Vertretung zweier Anwesender

Die folgenden zwei Wochen fühlten sich an, wie ein fortwährender Kater, obwohl niemand von uns trank. Zumindest nicht im Büro und auch nicht so viel, dass am nächsten Tag etwas davon zu merken war.

Toni hatte das Kommando übernommen. Wir hielten uns an ihren Vorschlag. Ich hatte alle drei Telefone. René arbeitete nur Vorgänge ab, die er als Einser bewertet hatte. Toni kontrollierte die Bewertung. Sie ließ sich zu jedem Vorgang eine Begründung geben. Sie wollte unbedingt sicher gehen, dass René keine anderen Vorgänge bearbeitete als jene, die wirklich wichtig und dringend sind.

Toni selbst arbeitete die Zweier ab. Ich war unglaublich beeindruckt, wenn ich sah, wie viele Zweier sie zu Dreiern machen konnte. Häufig waren nur kleinere Vorarbeiten zu leisten, um die Vorgänge an Tonis altes Team abzugeben. Sie stammte nämlich aus einem Bereich, in dem die inhaltlich klaren Fälle bearbeitet wurden. Es ging nicht mal darum, dass es immer die einfachsten Vorgänge waren. Es ging lediglich darum, dass die Situation klar war. Sofern es keine Optionen gab, konnte man auch komplexe Aufgaben an Tonis altes Team abgeben.

Die zwei Wochen waren sehr lehrreich für mich, denn René gab nicht gern Aufgaben ab. Er ließ einen Vorgang eher liegen, bis eine Erinnerung kam, als dass er ihn an das Unterstützungsteam weitergab. Auch er war in den zwei Wochen, in denen er Toni das Kommando über seinen Schreibtisch überließ, gezwungen viel zu lernen. Falls er dabei nichts lernte, dann war er zumindest gezwungen sehr viel zu ertragen.

Toni ging sogar noch einen Schritt weiter. Sie markierte die abgegebenen Vorgänge. So konnten wir nach Fertigstellung durch ihr altes Team noch einen Blick darauf werfen. Die allermeisten Dinge hätten wir nicht besser gemacht. In den meisten Fällen hätten wir es noch nicht einmal anders gemacht. Obwohl diese Möglichkeiten schon viel früher im Unternehmen eingeführt waren, kamen wir erst jetzt dazu sie wirklich auszuprobieren.

Die zwei Überstunden pro Tag, die wir alle Drei in den Wochen leisteten, zeigten ihre Wirkung. Die Stapel schwanden. Vorgang für Vorgang wurde Renés Tisch besser zu erkennen. Am Mittwoch der zweiten Woche war es auch Lutz, unserem Abteilungsleiter, aufgefallen, dass bei uns etwas vorging. Es gab wohl mehrere Anhaltspunkte, die ihn stutzig gemacht hatten, doch am Ende war es einfach die veränderte Optik, wenn man in unser Büro kam. Da es noch weitere Kandidaten in der Abteilung gab, die bei Einführung der ‚Clean Desk Policy' einiges zu tun bekamen, wollte er natürlich, dass wir ihm unsere besten Tipps und Tricks überließen. Toni versprach ihm, eine Anleitung zu schreiben, sobald wir mit Renés Tisch durch waren.

Als wir es tatsächlich bis zum Freitagmittag der zweiten Woche geschafft hatten, dass kein einziger Vorgang mehr auf Renés Tisch lag, schickte Toni uns einfach nach Hause. Auf meinem Heimweg kam ich ins Grübeln, ob es richtig war einfach zu tun, was sie mir sagte. Schließlich war Toni doch gar nicht meine Vorgesetzte. Das war eher noch René, der zumindest im Fachlichen das Sagen hatte.

Wie ist es eigentlich dazu gekommen? Toni ist die Neue. Sie arbeitet erst seit ein paar Monaten in unserer Abteilung. Wie kann sie uns in den Feierabend schicken? sinnierte ich. Toni war zu uns versetzt worden, weil sie es so wollte. Ihr Abteilungsleiter wollte sie befördern, doch zwischen Ihrer und seiner Position gab es keine weitere Führungsebene, die man besetzten konnte. Für mich sah es so aus, als hätte sie sich einfach in eine Abteilung mit mehr fachlicher Tiefe versetzen lassen, anstatt sich auf später vertrösten zu lassen. Auch eine Art der Beförderung.

Dann hatte ihre Schwester ihr diese Weiterbildung geschenkt. Sie hatte uns davon erzählt und wir haben mit den Methoden rumprobiert. Aber erst mit dem Damokles-Schwert ‚Clean Desk Policy' sind wir voll drauf eingestiegen. *Selbst René hört auf Toni.*

Hat sie jetzt wirklich schon seine Jahrzehnte an Erfahrung aufgeholt, indem sie einen Kurs über Arbeitsorganisation belegt hat? Dieser Gedanke begleitete mich nicht nur durch das folgende Wochenende hindurch. Er begleitete mich schon und noch deutlich länger. Leider war er recht unkonkret. Außerdem befürchtete ich, dass meine direkte Frage danach als Neid ausgelegt werden könnte. So behielt ich den Gedanken länger als nötig für mich.

Doch an jenem Freitag war ich mehrheitlich glücklich, dass wir es gemeinsam geschafft hatten. Ich nahm mir vor das restliche Wochenende zu genießen. Ich wollte weder über die Firma sprechen, noch darüber nachdenken. Also verabredete ich mich spontan mit Freunden dazu einen kleinen Ausflug an die See zu machen.

Ist das Konzept realistisch?

Als ich nach diesem Wochenende ins Büro zurückkehrte, fühlte ich mich müde und ausgelaugt, so richtig erschlagen. Ich war schon morgens nicht wirklich aus dem Bett gekommen. Ich war deutlich später unterwegs als sonst. Leider verlängerte sich dadurch auch mein Weg zur Arbeit. Irgendwie kam es mir so vor, als hatte sich an diesem Montag alles gegen mich verschworen.

Mir kam eine Frage in den Sinn, die ich mir in ähnlicher Form schon einmal gestellt hatte. *Wie kann ein Anbieter solcher Coachings behaupten, dass das Wohlbefinden positiv beeinflusst wird, wenn es so viele Einflussfaktoren darauf gibt, die mit dem Konzept und der Arbeit überhaupt nichts zu tun haben? Es ist doch ziemlich gewagt so etwas zu behaupten.* Ich konnte mir nämlich sehr gut vorstellen, dass vielen Menschen die Unterscheidung der einzelnen Einflussfaktoren gar nicht so leicht fiel. Dann, so stellte ich mir vor, konnte recht schnell eine Unzufriedenheit aufkommen, die nur zu gern oder zu leicht auf ein Versagen der Techniken aus dem Kurs zu münzen war. Im nächsten Schritt sah ich schlechte Bewertungen und Kundenbeschwerden.

Ich nahm mir vor, dieses Mal tatsächlich mit Toni darüber zu reden. Möglicherweise hatte sie mal die Gelegenheit das anzusprechen. Wenn es schon keine klare Antwort auf meine Frage gab, konnte sich ja der Anbieter dieser Kurse vielleicht etwas anders aufstellen. Wenn er dadurch schlechte Bewertungen vermeiden konnte, wäre das ja auch schon mal was.

Warum mache ich mir eigentlich Gedanken darüber, wie man die Leistungen eines Kurses besser beschreiben kann, den ich nicht mal persönlich besucht habe? Auch diese Frage blieb unbeantwortet.

Obwohl ich am Wochenende nicht viel getrunken hatte, kam es mir so vor, als hätte ich einen Kater. Ich konnte mir das nicht erklären. Also schob ich es auf die Arbeitsbelastung der letzten beiden Wochen. Ich überlegte mir, dass ich es begrüßen würde, wenn René sich irgendwie dafür erkenntlich zeigte. Ich hatte keine konkrete Vorstellung, wie das aussehen sollte, aber eine kleine Geste konnte mir schon gut gefallen. Dieser Gedanke an eine potenzielle Belohnung ließ mich lächelnd ins Büro kommen.

Als ich aus dem Aufzug stieg, traf ich Susann. Sie sprach mich an. „Guten Morgen Timmy! Wow! Das ist wirklich beeindruckend, was Ihr da geleistet habt. Ich war am späten Freitagnachmittag auf Eurer Etage. Da kam mir der Gedanke mal zu schauen, ob Ihr noch da seid und falls nicht, wollte ich wenigstens kontrollieren, ob Ihr die Tür abgeschlossen habt. Ich fand die Tür offenstehend und das Büro dunkel vor. Im ersten Moment wollte ich auf dem Absatz kehrt machen, um Euch Dreien eine ausgesprochen unfreundliche Mail zu schreiben. Doch glücklicherweise habe ich zuvor doch noch das Licht eingeschaltet.

Es ist ausgesprochen beeindruckend, dass Ihr diese Stapel wegbekommen habt. Ich habe es zunächst kaum glauben können, habe ehrlicherweise sowohl in der Garderobe als auch in der Abstellkammer nachgeschaut. Wie habt Ihr das nur gemacht?"

Sie meinte die Frage ernst. Glaubte ich zumindest, denn sie blieb stehen und schien wirklich eine Antwort von mir zu erwarten. „Ja, ähm, also wir haben halt einfach. Naja, wir haben eben." Ich fand nicht die richtigen Worte, um zu beschreiben, was wir getan hatten. Ich hatte die Befürchtung, dass ich etwas Falsches sagen könnte. Doch dann gab ich mir einen Ruck und antwortete: „Wir haben René konzentriert an den Vorgängen arbeiten lassen. Wir haben ihn von allen anderen Themen abgeschirmt. Toni hat außerdem noch dabei geholfen mehr Vorgänge an den Support zu delegieren, als wir es zuvor für möglich gehalten hätten."

Sie sah mich verwundert an. „Was habt ihr davon Euren Kollegen so sehr zu unterstützen?"

Obwohl ich mir die Frage auch schon gestellt hatte, ärgerte es mich sie von Susann zu hören. Ich zuckte mit den Schultern, wandte mich zum Gehen und sagte bereits von ihr abgewandt: „Ein ordentliches Büro."

Die Begegnung mit Susann hatte meiner Laune nicht gerade einen positiven Schub versetzt. Dennoch freute ich mich über meine schnippische Antwort. Als ich in unserem Zimmer ankam, war dort bereits Toni, die scheinbar intern telefonierte. Ich versuchte wieder fröhlich zu wirken, als ich ihr einen guten Morgen wünschte.

Sie legte recht bald auf. Sobald das geschehen war, begrüßte sie mich mit einem strahlenden Lächeln. „Das sieht doch einfach nur großartig aus, oder?" Sie zeigte auf Renés Arbeitsplatz.

Der kam gerade in jenem Augenblick zur Tür herein. Er grinste breit, nickte und sagte: „Das kann man wohl so sagen. So leer habe ich meinen Tisch noch nie gesehen. Naja, doch vielleicht in den ersten Tagen meiner Tätigkeit, aber daran kann ich mich kaum noch erinnern. Ich danke Euch beiden ausdrücklich. Vielleicht kann ich Euch zum Dank auf ein schönes Steak einladen, oder Euch etwas anderes Gutes tun?"

„Steak klingt gut für mich." Toni grinste breit. Ich war etwas überrascht, nickte jedoch zustimmend. Ein gutes Steak wusste ich sehr wohl zu schätzen. Das war genau die Geste der Dankbarkeit, die ich mir morgens gewünscht hatte. Zum ersten Mal an diesem Tag hatte ich das Gefühl, dass er doch noch einen positiven Verlauf nehmen könnte.

René klatschte in die Hände. „Also, abgemacht. Lasst uns gleich einen Termin fest machen. Ich habe nicht gern Schulden. Außerdem habt Ihr mir auch sofort geholfen. Ohne die Unterstützung wäre ich chancenlos gewesen. Wie gehen die eigentlich in Deinem Coaching mit so hoffnungslosen Fällen um? Werden die ausgemustert? Es bremst sicherlich die Motivation der ganzen Gruppe, wenn so ein Griesgram wie ich dabei ist, der keinerlei Fortschritte schafft."

„Eins nach dem anderen.", antwortete Toni „Diese Woche sieht es bei mir an allen Abenden gut aus, außer am Mittwoch. Ach ja, und heute habe ich schon gefrühstückt, das würde ich am Tag Deiner Einladung gern vermeiden. Timmy, wie sieht es bei Dir aus?"

„Heute will ich nur noch schlafen. Die anderen Tage habe ich bislang nichts konkretes vor." Ich schaute trotzdem noch mal in mein Handy, denn manchmal vergaß ich auch einfach, dass ich schon etwas geplant hatte.

René schien das zu kennen, er wartete einen Augenblick, bis ich wie zur Bestätigung des vorher gesagten mit dem Kopf geschüttelt hatte. „Gut," sagte er „dann lasst uns doch gleich morgen Abend gehen. Ich reserviere uns einen Tisch. Ich werde außerdem darum bitten einen Beistelltisch für das Essen bereit zu halten, weil unsere Antonia aufgrund des fehlenden Frühstücks mit großem Hunger anreisen wird. Ist es Euch gegen sieben recht?" Wir nickten bloß. „Gut, dann kann ich Euch von hier aus mit dem Auto mitnehmen. Wer anschließend noch mal hier her will, um sein Auto oder ähnliches abzuholen darf sich gern auf meinen Fahrservice verlassen."

Dann wandte er sich an Toni: „Also, wie schaut es aus? Wie werden rückschrittliche Volltischler in Eurem Coaching behandelt? Dürfen die überhaupt teilnehmen?"

„Wir mussten keine Fotos von unseren Schreibtischen vorlegen, um aufgenommen zu werden. Ich glaube auch nicht, dass die Ausgangssituation Einfluss auf den Erfolg des Trainings hat, eher auf den Zeitraum, bis sich der Erfolg einstellt. Interessanter Weise wurde uns sogar davon abgeraten so vorzugehen, wie wir es hier aus der Not heraus getan haben."

„Aber Du hast Deinen Schreibtisch doch auch bei Nacht und Nebel in Schuss gebracht. Hat sich die junge Dame dabei etwa über die Regeln hinweggesetzt, weil sie mal wieder ihren eigenen Kopf durchsetzen wollte?"

„Ja, hat sie. Ich glaube nicht so recht an langsame Veränderungen. Dazu fehlt mir die Geduld. Im Coaching heißt es immer, dass das eigentliche Ziel nicht der leere Schreibtisch ist, sondern das Etablieren neuer Routinen. Diese würden aber eben Zeit brauchen, um sich einzuschleifen. Ich glaube mittlerweile sogar, dass der Trainer Recht hatte. Ich habe mich bereits mehrere Male dabei erwischt, wie ich Überstunden gemacht habe, um den Schreibtisch aufzuräumen. Bei mir ist es also noch keine Routine den Tisch leer zuhalten, sondern jedes Mal ein zusätzlicher Aufwand wieder alles in Ordnung zu bringen."

„Wie beruhigend zu wissen, dass sie auch nur ein Mensch ist." René feixte. „Ich hatte schon Angst demnächst zu erfahren, dass hier ein erfolgreicher Test mit humanoiden Robotern stattgefunden hat. Ich hätte dabei mit Sicherheit auf Dich getippt Toni, denn der liebe Timmy zeigt doch deutlich öfter seine menschlichen Züge."

„Hey! Jetzt übertreib mal nicht. Sonst können wir gleich den nächsten Termin im Kalender festhalten. Nur wird es dieses Mal kein Dankes-Steak, sondern ein Wiedergutmachungs-Steak."

René hob beide Hände in die Luft. „Lasst uns doch erstmal rausfinden, ob Euch der Laden gefällt, bevor wir gleich die zweite Runde vereinbaren. Vielleicht soll es beim nächsten Mal doch etwas anderes sein."

Jedes Mal, wenn die beiden so miteinander witzelten, überlegte ich, ob das vielleicht eine Form des Flirtens war. Ich wurde mir allerdings nie so richtig darüber klar. Ich wusste nur, dass mich die Antwort auf Renés Frage ebenfalls interessierte, also unterbrach ich das, was auch immer da vor meinen Augen abgelaufen war. „Was wurde Euch denn nun empfohlen? Hältst Du es denn wirklich für realistisch, dass jemand, der seinen Schreibtisch unter gefühlt mehreren Hundert Vorgängen begraben hat, selbst wieder die Kontrolle zurückgewinnen kann?"

„Angeblich soll das gehen. Unser Trainer ist davon absolut überzeugt. Einige Teilnehmer sind anfänglich ausgesprochen skeptisch gewesen. Mit der Zeit haben die Zweifler jedoch nicht nur kleine Erfolge erzielt, sondern berichten inzwischen, dass die neue Art zu arbeiten ihnen zunehmend mehr Spaß bereitet.

Wir sind jetzt seit fast sechs Monaten dabei. Es gibt nach wie vor eine regelmäßige Betreuung. Das finde ich beachtlich. Normalerweise nimmt man nur ein paar Tage an solchen Trainings teil, geht dann wieder nach Hause und hat schon nach kurzer Zeit das Meiste wieder vergessen. Nachhaltige Verbesserungen werden dadurch nur in den seltensten Fällen erreicht. In diesem Coaching ist das anders. Durch die Begleitung kann man sich regelmäßig Feedback abholen. Es ist unglaublich motivierend, wenn man merkt, dass man nicht die einzige Person ist, die immer wieder kleine Rückfälle in die angestammten Gewohnheiten hat.

Doch ich schweife ab, das war nicht Eure Frage. Ihr wolltet wissen, wie jemand, der sich in seiner Arbeit vergraben hat, es schaffen soll, da wieder rauszukommen. Das ist angeblich relativ einfach. Es erfordert nur eine einmalige Erfassung aller vorhandenen Vorgänge. Sind diese einmal gezählt, kann es auch schon los gehen.

Nehmen wir zum Beispiel an, es werden 250 Vorgänge gezählt. Das können sowohl analoge Vorgänge sein, wie wir sie bei René abgebaut haben, aber auch digitale Eingänge wie Aufgaben, Tickets, E-Mails oder Ähnliches. Es ist in diesem ersten Schritt auch nicht entscheidend, dass die Bearbeitung der einzelnen Vorgänge unterschiedlich lange dauert. Laut Trainer kommt eine differenziertere Betrachtung davon erst in einer späteren Phase des Trainings zum Tragen.

Wir haben also 250 offene Elemente. Uns wurden zwei Herangehensweisen an die Hand gegeben, wie wir damit umgehen sollen. Entweder wir setzen uns ein Datum als Ziel bis alle abgearbeitet sein sollen. Oder wir legen fest, wie viele Elemente wir pro Tag erledigen wollen. Am Ende läuft es auf das Selbe hinaus. Hier in diesem Beispiel könnte man zum Beispiel sagen, ich will in zwei Monaten damit fertig sein. Es stehen ungefähr 42 Arbeitstage in zwei Monaten zur Verfügung, also müssen pro Arbeitstag sechs der offenen Aufgaben erledigt werden. Natürlich zusätzlich zum normalen Arbeitspensum. Genau so könnte man auch festlegen zehn zusätzlich Aufgaben schaffe ich pro Tag und dann wäre man eben nach 25 Arbeitstagen damit fertig.

Hier habe ich eben den ersten Weg gewählt. Ich habe für mich festgelegt innerhalb von zwei Wochen alle offenen Themen zu lösen. Das war die Zeit rund um Weihnachten, die René als Streberei abgetan hat.

Ich bin mir bis heute nicht sicher, ob es nicht ohne eine Hauruck-Aktion besser gewesen wäre. Unser Trainer sagt immer, dass es besser für die Gewöhnung gewesen wäre. Wir werden es eventuell an Renés Tisch beobachten können. Wenn sich dort wieder Papier sammelt, probieren wir direkt im Anschluss die andere Methode."

„Ich bin doch kein Versuchskaninchen!", beschwerte sich René. „Außerdem habe ich noch ca. 6.800 ungelesene Mails in meinem Posteingang an denen wir dieses andere Konzept üben können."

Toni wurde kreidebleich. Sie rang augenscheinlich um ihre Fassung. Es dauerte eine ganze Weile, bis sie sich wieder gefangen hatte. Nur sprach sie in diesem Moment nicht mit René, sondern sprach mich an: „Hat dieser Mensch," sie zeigte auf René „gerade wirklich gesagt, dass er fast sieben tausend ungelesene Mails hortet? Bitte, Timmy, sag mir, dass Dein Postfach nicht genauso aussieht."

„Ich weiß nicht mal, ob ich in der Zeit, die ich hier arbeite, so viele Mails bekommen habe." Versuchte ich mich an einem kleinen Witz. Doch Toni schien es überhaupt nicht nach Lachen zu Mute zu sein. Sie sah mich sehr eindringlich an. Ich beeilte mich ihr zu versichern, dass es bei mir nicht so schlimm war. „Ich habe in meinem Posteingang ungefähr fünf tausend Mails, aber davon sind nur knapp achthundert ungelesen."

„Ihr beiden seid doch völlig daneben. Wie könnt Ihr nachts schlafen? Warum belastet Ihr Euch so sehr? Ihr wollt mir doch nicht wirklich erzählen, dass ihr auch nur annähernd den Überblick darüber habt, was in diesen ungelesenen Mails auf Euch wartet. Wir haben doch bei Dir sogar schon mit den Mails angefangen, Timmy. Wie kann das sein?" Toni war ziemlich aufgebracht.

Zum Glück kam in diesem Moment Lutz in unser Büro. Er wollte etwas mit Toni besprechen. So rettete er uns beide, ohne es zu wissen.

René sah mich fragend an. Ich schüttelte nur den Kopf. Wir hatten beide keine Ahnung, was in den Mails auf uns wartete. Jede davon war irgendwann mal von uns gelesen worden. Sie wurde aber anschließend wieder auf ungelesen gesetzt, weil sie zu diesem Zeitpunkt nicht dringend und nicht wichtig gewesen war.

Während ich so darüber nachdachte, fielen mir diverse Mails ein, die ich mittlerweile schon mehr als nur ein Dutzend Mal gelesen hatte. Es waren so die typischen Mails ohne klaren Arbeitsauftrag aber mit einer Information, die man gelegentlich mal verwenden wollte, wenn man mal etwas mehr Zeit hätte.

Als Toni aus der Besprechung mit Lutz zurück kam, hatte sie deutlich bessere Laune. Sie konnte uns zwischenzeitlich sogar wieder anlächeln. Sie ging erst zu René, dann kam sie zu mir. Sie kontrollierte, ob wir bezüglich der Mails die Wahrheit gesagt hatten. Anschließend setzte sie sich an ihren Platz und schwieg.

Sie wartete so lange, bis sich fast einer von uns getraut hätte zu fragen. Doch dann stellte Sie mit dem freundlichsten Lächeln im Gesicht fest:

„Das wird Euch beide deutlich mehr kosten als nur ein Steak!"

Anschließend fuhr sie fort und konzentrierte sich dabei zunächst auf mich:

„Du mein lieber Timmy wirst sehr bald die Chance erhalten, an vier aufeinander folgenden Samstagen einer hervorragenden Weiterbildung beizuwohnen. Die Firma übernimmt die Kosten. Ich habe das gerade schon mit Lutz geklärt."

Dann drehte sie sich zu meinem Kollegen und erhob den Zeigefinger:

„Du mein lieber René erhältst keine Weiterbildung. Lutz meinte, wenn Du die Wochenenden ohne Deine Ex verbringen willst, sollst Du Dir gefälligst selbst etwas ausdenken. Außerdem gibt es wohl eine Vereinbarung zwischen Euch, die er nicht näher erläutert hat.

Du wirst weiterhin damit vorliebnehmen müssen, meinen verkürzten Darstellungen zu folgen. Vielleicht überlege ich mir in diesem Zusammenhang das mit dem Versuchskaninchen noch mal etwas genauer.“

Damit endete Sie abrupt. Den Rest des Tages war Toni sehr ruhig, fast schon schweigsam. Erst zum Feierabend hin kam sie wieder auf uns zu:

„Wir machen erst morgen einen Plan für Eure Postfächer. Da bekomme ich anschließend wenigstens einen schönen Wein und ein großes Stück Fleisch. Wehe Dir, René, wenn Du morgen Dein Portemonnaie vergessen solltest.“

Was einmal geht, geht auch digital

Da ich meinen Schreibtisch etwas weniger mit Papier und Akten beladen hatte, als mein lieber Kollege René es in der Vergangenheit tat, habe ich schon zu Beginn unserer Experimente mit den Techniken von Toni erste Gehversuche im Digitalen gemacht. Ich mochte es damals kaum zugeben. So schockiert, wie Toni am Tage zuvor gewesen war, dass ich ein paar Hundert ungelesene Mails in meinem Posteingang hatte, wollte ich auf gar keinen Fall zugeben, dass es zu Jahresbeginn noch weit über tausend gewesen sind.

Um ganz ehrlich zu sein, habe ich das in der Vergangenheit auch nie als ein Problem angesehen. Ich war recht schnell davon abgekommen, dass die stetig steigende Anzahl der ungelesenen Mails mir ein bewusstes Unwohlsein bereitete. In der Anfangszeit war das so gewesen. Da hatte ich mir tatsächlich noch ab und an Gedanken gemacht, dass ich etwas vergessen könnte, weil ich es nicht mehr sehe, aber nach ein paar Monaten hatte ich mich daran gewöhnt, dass die Anzahl der ungelesenen Mails in meinem Posteingang stetig anstieg.

Als wir mit dieser Eisenhower-Methode angefangen haben, hatte ich diese auch angefangen auf meinen Mailaccount anzuwenden. Allerdings war dieses Vorgehen doch recht mühselig. Dann kam immer wieder etwas dazwischen, so dass ich mich lieber nur auf die neuen Eingänge konzentrierte, aber die alten Mails nicht weiter anging. In den letzten Wochen war auch jede Woche etwas anderes gewesen. Bis hin zur Vertretung von René. So oder so ähnlich hatte ich mir meine Rechtfertigung zurechtgelegt, für den Fall, dass Toni mich erneut zu meinem Postfach befragen sollte.

Zu meinem Erstaunen kam es gar nicht dazu. In unserem Büro stand ein Flipchart ohne Papier, als ich ankam. Tonis Tasche und ihr Mantel lagen schon an ihrem Platz. Sie muss es eilig gehabt haben, denn der Mantel war nicht aufgehängt. Ich überlegte einen Moment, empfand nichts Verwerfliches dabei, also hängte ich den Mantel in die Garderobe. *Der muss nicht zerknittern, bloß, weil seine*

Besitzerin in Gedanken schon ihre beiden Kollegen verfrühstückt, dachte ich mir. Es dauerte nicht lange, bis auch René eintraf.

Er stutzte kurz wegen des Flipcharts. „Du hältst heute keine Vorträge, oder Kleiner?" Ich mochte es eigentlich nicht, wenn er mich Kleiner nannte, doch so langsam gewöhnte ich mich daran. In der Anfangszeit hatte ich immer das Gefühl, dass das herabsetzend sei, aber irgendwie hatte ich zwischenzeitlich das Gefühl, dass es mindestens neutral, wenn nicht sogar wertschätzend war, wenn er mich so nannte. Er drückte irgendwie seine Zuneigung dadurch aus.

„Was glaubst Du denn? Du würdest mir wohl kaum zuhören und Antonia beehrt uns noch nicht mal mit Ihrer Anwesenheit." Ich antwortete wesentlich gereizter, als ich meine eigene Stimmung eingeschätzt hätte.

„Was ist denn los? Hast Du schlecht geschlafen? Oder lässt Du Dich jetzt von so einer kleinen Tafel nervös machen?" René war es also auch sofort aufgefallen.

„Ich weiß nicht. Bislang hat es doch ganz gut ohne diesen Zauber funktioniert. Ich fühle mich auch am Wochenende nicht permanent schlecht. Ich denke die meiste Zeit gar nicht an den Montag. Außerdem haben die letzten beiden Wochen ziemlich geschlaucht. Ich habe jetzt wirklich keine Lust auf die nächste Sonderschicht, um alte Mails zu sortieren, die vielleicht schon längst obsolet sind."

„Das verstehe ich wohl. Geht mir ähnlich. Dennoch werde ich mir das anhören, was Toni zu erzählen hat. Schau Dir meinen Tisch an. Das ist tatsächlich ein gutes Gefühl, wenn der so leer ist. Etwas ungewohnt ist es zwar noch für mich, aber positiv. Stell Dir mal vor, es gibt wirklich einen Zusammenhang zwischen dem Gefühl beim Gedanken an Montag und der Anzahl der ungelesenen Mails." Er machte eine Pause.

Ich wollte gerade etwas erwidern, als er abwehrend die Hände hob. „Nein, Du hast Recht. Bei einer Sonderschicht streike ich auch. Wir sollten viel mehr zusehen, dass wir die Mehrarbeit der letzten

Wochen wieder ausgleichen. Die Stundenkappung zum Quartalsende ist kein modernes Märchen. Das machen die hier wirklich, wenn man sich nicht vorher mit seinem Abteilungsleiter abstimmt."

„Das kam bei mir bislang noch nie vor, dass ich über der Grenze lag. Meinst Du nicht, dass Lutz uns unterstützen würde? Er hat doch gesehen, was wir hier gemacht haben."

„Nur, weil ihm das Ergebnis gefällt, heißt das noch lange nicht, dass er Dich dafür belohnt. Wenn Du nicht mit ihm sprichst, werden die Stunden gekappt. Das ist so sicher, wie das Amen in der Kirche. Allerdings weiß ich, dass er mit sich reden lässt, wenn Du sie mit ins nächste Quartal nehmen willst. Mach Dir am besten vorher schon Gedanken, wann Du sie gut abbummeln kannst, danach wird er Dich in dem Zusammenhang fragen. Du weißt schon für den Betriebsrat."

„Guten Morgen Ihr Verschwörer. Schön, dass Ihr mich auch an Eurem Herrschaftswissen teilhaben lasst lieber Dienstältester. Ich habe die Kappungen bislang immer hingenommen. Man kann die tatsächlich schieben, wenn man einen Abbauplan vorlegt?"

„Klar! Mit Lutz geht das. Was meinen die jungen Leute, wie ich meine Brückentage zusammen bekomme? Aber mal zu den ernsten Themen des Lebens. Was macht dieses Arbeitsstilleben hier in unserem bescheidenen Kabuff?" René zeigt auf das leere Flipchart, während er Toni anschaute.

Toni lächelte: „Das willst Du wissen. Ihr werdet nachher einen kleinen Vortrag hören. Nur um Euch nicht zu sehr auf die Folter zu spannen. Es geht im Kern um drei Themen: 1. LIFO, 2. FIFO und zu guter Letzt um die Binsenweisheit. ‚Aus den Augen, aus dem Sinn'."

René lachte: „Das habe ich als Ratschlag in Bezug auf meine Ex schon oft gehört. Aber irgendwie war der Schmerz bislang nie so groß, dass ich bei den momentanen Immobilienpreisen eine eigene

Wohnung bezahlen mochte. Ich bin gespannt auf Ihren Vortrag, Frau Professorin." Im gleichen Moment nahm er weiterhin lachend das Telefon ab.

René hat zu vielen seiner Ansprechpartner ein ausgesprochen joviales Verhältnis. Er sprach mit fast jedem so, als wäre es sein bester Freund oder zumindest enger Vertrauter. Zu mir waren viele dieser Ansprechpartner wesentlich förmlicher. Ich vermutete, dass sich das mit den Jahren der gemeinsamen Arbeit einfach irgendwann ergeben würde. Aber sicher war ich mir dessen nicht.

Theoretisch gut und einleuchtend

„So die Herren, haben jetzt alle einen frischen Kaffee? Ist Ihnen Wasser bei Zimmertemperatur recht, oder soll ich beim Catering noch nach Eis fragen? Muss vielleicht einer der Herren noch mal in die gekachelten Nebenräume? Ist ja nicht nur die jüngste Generation Schreibtischtäter anwesend." Toni trieb uns scherzend zur Eile an. Sie schien außerordentlich gute Laune zu haben. Vermutlich war es eine Mischung aus Vorfreude und Nervositätsbewältigung. Jedenfalls wirkte sie positiv aufgekratzt.

„Fräulein, dieser AGG-Verstoß wurde durchaus bemerkt. Sollte es zu weiteren Verstößen kommen, ist mit disziplinarischen Gegenmaßnahmen zu rechnen. Stellen Sie sich bloß mal vor, dass der Alterspräsident das Restaurant für den heutigen Abend bereits etwas besser kennt und den Koch überzeugt Ihr Steak mit Kräuterbutter zu belegen." René schien ebenfalls außerordentlich gut gelaunt.

Die Gute Laune wirkte ansteckend auf mich, außerdem freute ich mich auf die Schulung, sie würde den Arbeitsalltag etwas auflockern. Idealerweise würde ich auch noch etwas dabei lernen.

Toni hatte uns versprochen, dass wir die Handys im Büro lassen konnten, weil es auch ohne spannend genug werden würde. Ich hatte den Eindruck, dass sie das nicht nur gesagt hatte, damit wir uns nicht vom Inhalt ablenken, sondern auch, damit wir nicht schummeln konnten.

Auf dem Flipchart standen drei Akronyme. Antonia stand daneben, blickte uns herausfordernd an und fragte: „Na Ihr Spezis? Wie schaut es aus, kennt Ihr eins oder mehrere der Akronyme?"

Weder René noch ich konnten mit FILO, LIFO oder FIFO etwas anfangen. Wir schüttelten nur mit dem Kopf. „Ich will Euch mal die Bedeutungen daneben schreiben, vielleicht hilft es ja." Sie zwinkerte uns aufmunternd zu und schrieb.

FILO – first in, last out

LIFO – last in, first out

FIFO – first in, first out

René meldete sich, wie ein aufgeregter Schuljunge, der unbedingt von seiner Lehrerin drangenommen werden möchte. Toni bedeutete ihm zu sprechen.

„FILO kenne ich. Dieses Modell haben die Ärzte seinerzeit erläutert, als bei meiner Mutter Demenz diagnostiziert wurde. Man versuchte uns damit zu erklären, wie das Vergessen von statten geht. Insgesamt keine schöne Geschichte, aber glücklicherweise seit Jahren vorbei."

„Ich glaube FIFO kenne ich aus dem Informatik-Unterricht. Da ging es darum in welcher Reihenfolge verschiedene Aufgaben verarbeitet werden. Da Benutzer in vielen Fällen erwarten, dass die Reihenfolge ihrer Eingaben erhalten bleibt, wird dieses Prinzip insbesondere für Tastaturen und andere Steuerungsgeräte verwendet. Kann aber gut sein, dass ich mich täusche." Warf ich ein, ohne mich vorher gemeldet zu haben.

René sah mich verwundert von der Seite an. „Du hattest Informatik-Unterricht? Wo hat man denn bitte Informatik-Unterricht? An einer ganz normalen Schule? Warum hast Du nichts daraus gemacht, sondern bist stattdessen hier gelandet?"

„Das geht in die richtige Richtung, Timmy. Ich gebe zu, dass ich mich mit dem Informatik-Teil nicht weiter beschäftigt habe, aber hier in diesem Kontext will ich gleichermaßen darauf hinaus, dass die Reihenfolge in der Abarbeitung von Aufgaben durch diese Abkürzungen beschrieben wird. Ganz konkret würde ich das gern auf Eure E-Mailpostfächer beziehen. Überlegt mal, welche der Abkürzungen am ehesten darauf passt."

„Keine der drei passt." Antwortete René nach kurzer Zeit. „Kanns ja auch gar nicht. Die eingehenden Mails haben durchaus unterschiedliche Prioritäten, also werden sie nicht alle nach dem gleichen Schema abgearbeitet."

„Ich bin mir nicht sicher, wenn ich nach dem Urlaub an meinen Arbeitsplatz kam, versuchte ich früher immer nach dem FIFO Prinzip zu arbeiten. Der Gedanke dahinter war, dass die ältesten Mails schon am längsten auf eine Antwort warteten und somit dringender geworden waren, als die zuletzt eingegangenen. Allerdings habe ich mir das nach wenigen Urlauben abgewöhnt. Ich fand regelmäßig heraus, dass sich Vorgänge zwischenzeitlich schon erledigt hatten, oder durch Kollegen beantwortet worden waren, wenn sie wirklich dringend waren. Ich habe auch kein System, mit dem ich meine Mails bearbeite."

„Wenn Ihr mich fragt, dann arbeitet ihr meistens nach LIFO. Die Darstellung Eurer Postfächer begünstigt diese Arbeitsweise. Wenn Ihr morgens ins Büro kommt, fangt ihr oben an zu lesen. Dort steht die neueste Mail. Timmy ist mit seiner Beschreibung der Situation auf der Arbeit schon auf dem richtigen Weg gewesen, aber er hat das Lenkrad eingeschlagen, die Handbremse hochgerissen und im letzten Moment gewendet."

„Liebe Kollegin, das ist jetzt schon der zweite AGG-Verstoß. Wer sagt Ihnen denn bitte, dass der junge Kollege mit angezogener Handbremse fährt? Vielleicht ist er eben nur hier im Büro etwas ruhiger." Irgendwie hatte ich nicht den Eindruck, dass René seine Rolle als selbst ernannter AGG-Beauftragter unseres Büros wirklich ernst nahm. „Wollen Sie uns nun vielleicht erklären, welche dieser Varianten Ihrer hochgeschätzten Meinung nach die Richtige ist? Wir könnten das dann mal eine Zeit lang versuchen."

„Es gibt nicht den einen richtigen Weg. Wenn Du Deine Mails priorisierst, dann ist das eigentlich ein ganz guter Ansatz. Tust Du das mit allen ungelesenen Nachrichten in deinem Posteingang? Oder besteht auch Dein Postausgang aus zwei Bereichen? Einem, der Dich die aktuellste Mail als erstes lesen lässt und einem, der zu weit unten ist, um im Verlaufe eines normalen Arbeitstages erreicht zu werden?"

„Falls das hier gleich der nächste Affront werden soll." René hob drohend den Zeigefinger. „Ich weiß sehr wohl, wie man die Suchfunktion nutzt. Ich kenne sogar den Tastatur-Befehl ‚Strg & f'. Das ‚f' steht dabei für finden. Hat wohl ein ganz schlauer Mensch erdacht, dass ich ja eigentlich etwas finden möchte. Ja, auch der alte Mann hat IT-Vorkenntnisse." René tat, als würde er schmollen.

„Ok, Du bist also der Meister der Tastatur-Befehle. Weißt Du zufällig auch, mit welcher Kombination man unqualifizierte Zwischenrufe stumm schalten kann?" Toni lachte. René sah sich um, als würde er jemanden suchen. Scheinbar wollte er diese Bemerkung einfach nicht auf sich bezogen wissen.

„Ich habe das mit dem Eisenhower-Prinzip schon ein paar Mal in meinem Mail-Account versucht. Ich habe mich dabei jeweils auf die Mails des aktuellen Tages oder vielleicht der aktuellen Woche beschränkt, damit ich auch beim Abarbeiten noch hinterherkomme." Ich wollte wirklich gern wissen, wie man es richtig macht.

Toni lächelte mich dankbar an „Das Eisenhower-Prinzip funktioniert auch im E-Mail-Postfach ganz hervorragend, allerdings nur, wenn man es konsequent und auf das gesamte Postfach anwendet." Sie unterbrach sich, um sicherzugehen, dass auch René wieder zuhörte. „Allerdings habe ich ja meinem lieben Kollegen versprochen, dass es auch noch um den Satz ‚Aus den Augen aus dem Sinn' gehen würde."

„Jetzt kommt der interessante Teil!" René frohlockte. Er klatschte sogar in die Hände. Toni schüttelte nur mit dem Kopf. Sie ignorierte diese Anspielung.

„Also grundsätzlich ist es wichtig, dass Ihr Eure Mail-Accounts so leer wie möglich haltet. Vermeidet Newsletter, löscht Eure Adresse aus so vielen Verteilern wie möglich und markiert Spam. Wenn das

System den gleichen Absender wieder erkennt, wird die nächste Mail automatisch für Euch aussortiert. Ich hoffe ja irgendwie immer noch, dass diese unzähligen ungelesenen Mails keinen Bezug zu Eurer Arbeit haben."

„Wir haben die letzten Wochen ausreichend Stunden angehäuft, um mindestens zwei Wochenenden miteinander zu verbinden. Wir wollen nicht noch so einen Akt durchziehen. Ich für meinen Fall kann das auch nicht. Ich hab heute noch das Gefühl, dass mich insbesondere die letzten beiden Wochen im Rücken zwicken." René äußerte sich erstaunlich offen. Er machte nicht einmal den Versuch das ins Lächerliche zu ziehen. Er schien es sehr ernst zu meinen.

Auch Toni reagierte ernst. „Das Eine ist mir bewusst, während das Andere dennoch an mir nagt. Einfache Lösungen haben allzu oft negative Auswirkungen, auch wenn sie nicht immer sofort erkennbar werden. Hinzu kommt, wenn ich Euch jetzt vorschlage, dass Ihr einfach alle Mails aus dem letzten Jahr in einen Archiv-Ordner verschiebt, dann hätte ich anschließend wohl ein schlechtes Gewissen."

René sah sie mit großen Augen an. Dann verzog sich sein Gesicht zu einem Grinsen. „Ich nicht. Der Vorschlag klingt gut für mich. Also alles, was älter ist als dieses Jahr, geht ins Archiv. Was mache ich mit dem Rest? Da ist auch schon wieder einiges zusammengekommen."

„Wenn Du das mit dem Archiv machst, dann aber auf Deine Verantwortung. Wenn es jemals Ärger deswegen gibt, dann schieb es nicht auf mich." Toni hob abwehrend die Hände.

„Wir schieben es einfach auf den Informatiker unter uns. Dem hast Du doch so ein Organisationstraining verschafft, oder? Vielleicht hat er mich angestiftet, alle alten Mails einfach zu löschen." René grinste mich böse an.

„Was hast Du heute bloß? Hat Deine Ex Dich geärgert? Irgendwie wird hier viel zu häufig in meine Richtung geschossen. Teilweise sogar ziemlich scharf." Ich war wirklich überrascht, denn normalerweise war der Umgangston bei uns nicht ganz so rau.

René machte eine wegwerfende Handbewegung. „Ich finde den Vorschlag mit dem Archiv aber gar nicht dumm. Die Mails dort sind nicht weg. Wenn es stimmt, was Toni gelernt hat, scrollen wir zu diesen Mails ohnehin nie wieder. Mit einem konkreten Anlass werden wir sie jedoch auch im Archiv wieder finden. Also sollten wir diesen Schnitt tatsächlich durchführen. Das spart uns Arbeit beim Aufräumen und wir können uns auf die jüngere Vergangenheit und auf die Zukunft konzentrieren."

Ich war drauf und dran direkt den Besprechungsraum zu verlassen, um loszulegen. Dieses Vorgehen erschien mir absolut einleuchtend. Bedenken hatte ich keine. Allerdings war mir noch nicht ganz klar, wie die Wirkung dessen sein sollte. Ob es sich tatsächlich anders arbeitete, wenn man den Eingang leer hielt? Ich war in diesem Moment überzeugt, dass ich das bis zum Ende der Woche wissen würde.

René klatschte abermals. „Also, worauf warten wir noch? Müssen wir noch etwas anderes beachten? Kann ich die gelesenen Mails auch gleich mit ins Archiv tun?"

„Legst Du gelesene Mails nicht zu den Vorgängen ab?"

„Doch schon, aber ich müsste sie danach ja noch manuell löschen, weil die beiden Programme so hervorragend miteinander kommunizieren, wie meine Ex und ich, wenn wir mal wieder im Klinsch liegen."

„Du bist einfach unverbesserlich! Ihr wollt jetzt also alles aus dem letzten Jahr ins Archiv verschieben? Die ungelesenen Mails aus diesem Jahr werden dann aber mit dem Eisenhower-Prinzip bearbeitet, ja?" Toni sah ernsthaft besorgt aus.

„Aber klar Frau Professorin. Wenn Sie jetzt die Vorlesung beenden, haben Sie uns sogar noch eine gute Stunde geschenkt. Schließlich war das hier laut meinem Kalender auf zwei Stunden angesetzt."

„Ihr habt mein Konzept etwas durcheinandergebracht. Aber mit dem Ergebnis bin ich für den Moment zufrieden. Ich werde weitere Lerneinheiten einfach etwas kürzer planen, damit sie Eurer Aufmerksamkeitsspanne gerecht werden."

Rene ignorierte die Spitze. Er sagte stattdessen: „Kein Problem, ich nutze die geblockte Zeit direkt zur Umsetzung. Du auch, Timmy?" Ich nickte, der Gedanke, noch an diesem Tag das Postfach aufzuräumen, gefiel mir gut.

Für den Folgetag erwartete ich in weiser Voraussicht eine deutlich geringere Motivation, weil wir gleich noch gemeinsam zum Essen gehen wollten. Irgendetwas sagte mir schon im Voraus, dass wir nicht bei einem Gläschen Wein bleiben würden. Immerhin wollten wir unsere Erfolge feiern und waren kurz davor einen weiteren hinzuzufügen.

Am Morgen danach

Ich saß vor meinem Mail-Postfach. Ich schaute einfach nur in den Eingang. Dort war so gut wie nichts mehr drin. Nur ungefähr ein halbes Dutzend ungelesener Mails. Die habe ich trotz schwerem Kopf in einer halben Stunde abgearbeitet. Anschließend kontrollierte ich die anderen Eingänge, die meine Firma für mich bereithielt.

Auch hier war nichts Neues zu finden, weshalb ich mich zufrieden auf den Weg zur Kaffeeküche machte. *Wenn das so bleibt, dann hat sich das Aufräumen im Posteingang richtig gelohnt*, dachte ich zufrieden, während ich den langen Gang hinunterlief.

„Hey Guten Morgen! Sag mal, Timmy, habt Ihr irgendeinen Spezial-Deal mit Reisswolf gemacht? Kamen die Mitarbeiter nachts, um die Berge an Papier abzutransportieren? Wie hat Euer Messi das aufgefasst, geht es ihm noch gut, jetzt, wo man ihn hinter seinem Schreibtisch wieder sehen kann? Braucht er eigentlich einen besonderen Lichtschutz?" Wieder fiel mir der Name dieses penetranten Typen nicht ein. Leider lief er in die selbe Richtung wie ich. Ich überlegte kurz umzudrehen, doch ich wollte einen Kaffee trinken.

„Morgen. Ja, ja. Sie mussten sich mit den Akten aus dem Fenster abseilen, damit sie auf den Gängen nicht von ihm eingefangen werden.", antwortete ich ohne Elan. Egal worum es ging, aber diesem Typen würde ich bestimmt nicht davon erzählen. Ich hatte das Gefühl, dass er es drehte und wendete, bis er einem einen Strick daraus drehen konnte. Leider verstehen solche Menschen nur in den seltensten Fällen, dass man sie nicht in seiner Nähe haben will.

„War wohl anstrengend gestern, was? Hast Du die halbe Nacht gefeiert, Kleiner?" Wenn der Typ mich Kleiner nannte, dann hatte es etwas Herabsetzendes. Ich wollte gerade etwas dazu sagen, als Lutz unser Abteilungsleiter zu uns stieß.

„Lehmann, versuchen sie wieder die Stimmung auf das Niveau Ihrer Produktivität zu drücken?" Lutz zog eine Braue hoch. Er musterte den Kollegen mit einem prüfenden Blick. Der hielt dem nicht lange stand, drehte ab und machte im Gehen eine wegwerfende Handbewegung. „Wenn der Typ nicht der Schwippschwager vom Geschäftsführer wäre, hätte ich den schon lange kaltgestellt. Wenn Du wirklich was gegen den tun willst, musst Du aber leider über den Betriebsrat gehen. Dabei kann ich Dir nicht behilflich sein mein lieber Tim."

Ich starrte meinen Chef an, als wäre der gerade von einem anderen Stern hier eingeflogen. „Ist das Dein Ernst?", flüsterte ich meinem Chef zu, denn ich war mir nicht sicher, ob ich das kurz zuvor Gehörte nur geträumt hatte.

„Mein voller Ernst. Der Lehmann ist ein fauler Speichellecker. Wenn der nur halb so viel Elan beim Arbeiten zeigen würde, wie dabei der Führungsetage den Hof zu machen, dann könnte er sogar fast nützlich sein. Außerdem kann ich es nicht leiden, wenn er hier die Leute klein macht. Ich war noch kein halbes Jahr Abteilungsleiter, da wurde mir dieser schwarze Peter von einer anderen Abteilung rübergeschickt. Mein Kollege war daran gescheitert ihn komplett vor die Tür zu setzen. Leider musste ich meine Erfahrungen diesbezüglich auch selbst machen, denn keiner wollte dem Neuen etwas sagen.

Jetzt habe ich nur die Chance, dass es gelegentlich mal einen Neuen in einer anderen Abteilung gibt, oder dass der Betriebsrat sich ein Herz fasst. Beides zeichnet sich gerade nicht ab.

Aber genug von meinen Leiden als Führungskraft. Wie geht es bei Euch so voran? Ich habe gehört, dass Ihr direkt im Digitalen fortsetzt, was Euch auf Renés Tisch so gut gelungen ist. Ich bin begeistert von Euren Fortschritten. Erzähl mir ein bisschen, was Ihr da macht. Antonia lässt nie was raus, die tut immer so, als wäre das Geheimwissen. Wahrscheinlich will sie nicht riskieren, dass ich Deine Schulung wieder absage." Lutz war ungewöhnlich gesprächig. So kannte ich ihn überhaupt nicht.

80

„Eigentlich haben wir nur aufgeräumt", antwortete ich verunsichert und ausweichend. Wenn Toni ihm nichts erzählt hatte, wollte ich auf keinen Fall der Verräter sein.

„Muss ich mir Sorgen machen, dass Du unter ihrem Pantoffel stehst?" Lutz lachte. Er hob die Hand zum Gruß und verschwand aus der Küche.

So kannte ich den Chef. Einen kurzen Spruch machen, grüßen, verschwinden. Das, was ich davor gehört habe, war mir nicht geheuer. Ich beschloss meinen Kaffee mit ins Büro zu nehmen. Ich hatte keine Lust auf weitere Gespräche.

Da René der Nächste war, den ich anschließend traf, erzählte ich ihm davon, was mir passiert war. Er lachte schon, bevor ich die bissigen Kommentare von Lutz wiederholt hatte. „Ja, den Lehmann hat unser lieber Lutz ziemlich gefressen. Macht er auch meistens keinen Hehl draus. Lass Dich von diesem Typen bloß nicht runterziehen. Der ist nichts, kann nichts und wird nichts. So viel hat sogar unser lieber Geschäftsführer verstanden."

Da das Gespräch damit endete, machte ich mich wieder an meinen E-Mail-Eingang. Zwei neue Mails waren eingetroffen. Beide konnte ich sofort bearbeiten. Anschließend hatte ich sogar etwas Zeit, um im Archiv herumzustöbern. Dort schaffte ich es, knapp zwei Dutzend Mails aus meinem letzten Urlaub auf gelesen zu setzen. Sie waren alle längst erledigt worden. Die Arbeit gefiel mir auf diese Weise. Ich hatte trotz des leichten Katers vom Vortag das Gefühl, dass etwas dran sein könnte an dieser Geschichte mit dem Wohlbefinden durch einen aufgeräumten Arbeitsplatz.

Wie viel Mut tut gut?

Als gegen elf noch immer nichts von unserer Kollegin zu sehen war, begann ich zu grübeln, wie es ihr nach dem Steakhouse ergangen sein mochte. Wir hatten das Restaurant als letzte Gäste verlassen. Dennoch hatten wir in meiner Erinnerung nicht viel getrunken. René gar nichts, er hat sich eisern daran gehalten, dass er uns fahren würde. Sogar als Toni ihn versucht hatte zu überreden, war er standhaft geblieben. Sie wollte ihn sogar von seinem Fahrdienst entbinden. Stattdessen wollte sie einfach ein Taxi bezahlen. Doch René konnte ziemlich stur sein.

„Sie arbeitet heute aus dem Homeoffice. Sie hat angerufen, als Du versucht hast, den Betriebsfrieden zu stören." René zwinkerte mir zu. Er wusste scheinbar genau, worüber ich nachgedacht hatte. „Ist aber ganz gut so. Sonst würde Lehmann sich noch ausdenken, dass ihr zwei zusammen einen über den Durst getrunken habt." René grinste breit.

„Aber wir haben doch gar nicht viel", versuchte ich mich zu verteidigen, doch mein Kollege stoppte mich durch seine erhobene Hand. Er schüttelte lachend den Kopf.

„Timmy, ihr seid beide schon erwachsen. Ihr dürft mal ein Gläschen zu viel trinken. Dir sieht man an, dass Du Schlagseite hast. Ein wenig riecht man es auch. Da ihr beide ungefähr gleich viel getrunken habt, wird man es unserer lieben Antonia auch ansehen. Ist aber wie gesagt kein Thema. Ich bin der Letzte, der daraus eine Geschichte macht.

Sag mir nur, ob Du fit genug bist ein paar Fragen mit mir zu diskutieren." Ich nickte. „Gut, es geht dabei um Folgendes:" René machte eine Pause. „Ich habe darüber nachgedacht, ob ich die Mails, die wir gestern ins Archiv geschoben haben, einfach löschen sollte. Schau mich nicht so schockiert an. Die werden aus dem Archiv heraus so oder so nicht mehr bearbeitet."

„Ich habe vorhin schon ein paar Mails aus dem Archiv auf ‚gelesen‘ gesetzt“, versuchte ich zu entgegnen.

„Hast Du das? Gut gemacht. Ich, für meinen Fall, habe noch knapp acht Dutzend ungelesene Mails im Posteingang, die ich tatsächlich noch beantworten muss. Bis ich das geschafft habe, liegen die nächsten bereit. Ich halte es für ausgeschlossen, dass ich noch mal an das Archiv ran gehe.

Wir haben doch gesagt, dass jeder, der eine Antwort erwartet noch mal schreibt. Wird schon kein kenianischer Prinz dabei gewesen sein, der mir sein Millionen schweres Patent für Penispumpen vererbt hat.“

„Ich weiß nicht“, antwortete ich zögerlich. „Was ist, wenn die Mails dann doch noch gebraucht werden?“

„Die Mails wurden mir geschickt. Jeder der daraus etwas will, hat die Mail noch. Entweder hat er vergessen, was er wollte oder anderweitig Hilfe erhalten. Falls jemand seit Monaten im Wachkoma liegt, wird er mir anschließend schon noch mal die Ursprungsfrage schicken. Ich glaube ich fühle dieses Gefühl der Befreiung, was Ihr beide gestern so ausgiebig besprochen habt, erst, wenn die Mails wirklich weg sind.“

Ich schüttelte zwar noch mit dem Kopf, hatte aber keine Argumente mehr. Außerdem war mir inzwischen klar geworden, dass René mitnichten auf meine Absolution wartete. Er wollte lediglich seine Argumentation prüfen. Falls mir noch etwas eingefallen wäre, hätte er es vielleicht gelassen. Da mir nichts mehr eingefallen war, stand sein Entschluss fest. Er löschte an diesem Tag mehrere tausend Mails, ohne vorher noch einen weiteren Blick darauf geworfen zu haben. Die meisten davon waren einmal bewusst als ungelesen gekennzeichnet worden.

Was hat das alles gebracht?

In den darauffolgenden Tagen begleitete mich ein mulmiges Gefühl. Auch wenn wir nicht mehr davon sprachen, wusste ich, dass René diese Mails einfach gelöscht hatte. Für meinen eigenen Arbeitsplatz könnte ich mit solch einem Entschluss vermutlich besser umgehen, denn ich wusste ja, was in den Mails drin war. Ob René da einen Überblick drüber gehabt hatte?

Am folgenden Freitag kam Lutz kurz vor dem Mittag in unser Büro. Er schloss die Tür hinter sich, noch bevor er etwas sagte. Dann begann er mit verschwörerischer Miene: „Gibt es hier etwas, was ich unbedingt wissen sollte? Möchte hier jemand von verrückten Ideen oder Plänen berichten? Du, zum Beispiel mein lieber René?" Er war mit vorgestrecktem Zeigefinger auf René zugegangen. Jetzt stand er so nah vor ihm, dass der Zeigefinger fast Renés Brust berührte.

René sah ihn zunächst amüsiert an, setze ein gespielt enttäuschtes Gesicht auf, dann jammerte er plötzlich los: „Wie oft muss ich es Dir noch sagen? Wie oft soll ich Dich noch daran erinnern? Wenn es bei Euch in der Abteilungsleiterrunde was zu rauchen gibt, bring mir verdammt noch mal was mit!"

René lachte unseren Chef an. Der musterte ihn vorsichtig. So, als wollte er erst noch prüfen, ob er ihm wirklich vertrauen kann. René schien zu bemerken, dass hier mehr Ernst mitschwang, als er ursprünglich angenommen hatte. Er sagte: „Komm schon, frag mich einfach, was Du mich fragen willst. Ich sehe Dir an, dass irgendwas ist. Wir kennen uns schon zu lange für Spielchen."

Das hat gesessen. Lutz wirkte auf einen Schlag erleichtert. Er stellte René direkt die Fragen, wegen derer er hergekommen war. „Sag mal, Alter, hast Du vor uns zu verlassen? Muss ich mir Sorgen um irgendetwas machen? Sag es mir bitte, wenn es so ist. Selbst, wenn ich Dich nicht umstimmen kann, könnte ich aber wenigstens schon mal nach Personal suchen. Was ist los bei Dir?"

René feixte: „Soll ich Dir eine Liste machen? Bis wann brauchst Du die?" Lutz schüttelte den Kopf. Er sah René dabei ernst an. Dieser zuckte mit den Schultern. „Ich habe keine Ahnung, wie Du darauf kommst. Mir geht es derzeit sogar ziemlich gut. Ich bin weder auf dem Abflug noch auf der Suche. Ich gebe zu, dass ich mal eine Zeit lang darüber nachgedacht habe, aber das ist schon fast wieder verjährt."

„Puh! Das ist beruhigend. Susann hat mich nämlich angesprochen. Du weißt schon, diese Informationssicherheitsexpertin. Sie hat wohl ein paar Überwachungs- und Analyseprogramme bei uns eingeführt. In einem dieser Programme hast Du wohl einen Alarm ausgelöst. Sie bat mich daher mit Dir zu sprechen."

„Ich? Ich habe einen Alarm ausgelöst? Magst Du mir verraten, wie ich das gemacht habe? Habe ich zu schnell getippt?"

„Nein, das ist wohl ein Programm mit dem untypische Datenbewegungen verfolgt werden. Deine Mailbox ist wohl auf einen Schlag deutlich kleiner geworden. Es muss eine Änderung von mehreren Gigabyte gegeben haben. Susann meinte, dass das manchmal zu beobachten ist, kurz bevor Mitarbeiter kündigen. Daher hat sie mich zu Dir geschickt."

René lachte so laut, dass selbst die Kollegen vor der geschlossenen Tür es hörten. „Das ist herrlich! Da räume ich mein Postfach auf, um Euch ein besserer Mitarbeiter zu sein und löse einen Alarm aus, der mir das Gegenteil unterstellt. Keine Sorge Lutz, ich habe nur ein paar Mails gelöscht, die ich nicht mehr brauchte."

Lutz war sichtlich erleichtert. Er wandte sich zum Gehen, da hielt René ihn noch einmal auf. „Du, Lutz! Falls Du für Deinen Umstimmungsversuch etwas Budget hast, ich bin nicht abgeneigt von Dir etwas bezirzt zu werden."

Jetzt lachte auch Lutz. „Ich sehe mal, was ich machen kann. Ein einmaliger Bonus in Form von einem großen Steak ist Dir sicher." René nickte zufrieden, Lutz ging.

Kaum war Lutz aus dem Büro, da schüttelte René wieder den Kopf. „Schon spannend, was man heutzutage alles überwachen kann. Aber mal ganz ehrlich gefragt. Warum sollte ich aufräumen, wenn ich ohnehin gehen will? Siehst Du einen Sinn darin?"

„Vielleicht willst Du mir ja die Arbeit erleichtern?" Versuchte ich einen Scherz.

„Eher würde ich Dir auch einen neuen Job besorgen." René zwinkerte mir zu.

„Während eines Praktikums habe ich mal erlebt, wie ein Mitarbeiter, der persönliche Probleme mit der Geschäftsleitung hatte, gekündigt hat. Dem wurde später nachgesagt, dass er sein Postfach gelöscht hätte, um zu vertuschen, dass er schon lange vor der Kündigung angefangen hatte Kunden und Lieferanten von seinen zukünftigen Plänen zu unterrichten. Vielleicht ging der Verdacht in diese Richtung?"

„Valide Überlegung, aber das ist nicht mein Stil." René tat das Thema damit ab. Wenig später stand er auf. Er streckte sich ausgiebig, dann schaute er demonstrativ auf die Uhr. „Noch eine halbe Stunde bis eins. Du weißt, was man sagt, oder?" Ich brauchte einen Moment, bis ich mich an diesen Spruch mit freitags ab eins erinnerte, dann nickte ich. Er sprach lächelnd weiter: „Na dann lass uns die letzte halbe Stunde mal nutzen, damit wir nicht hungrig nach Hause fahren. Für heute ist es genug."

René meinte es völlig ernst, er wollte mich tatsächlich zum Essen einladen, um mich anschließend nach Hause zu schicken. Da ich ohnehin keine eiligen Themen mehr auf dem Tisch hatte, ließ ich mir das gern gefallen. Der letzte Frühstart ins Wochenende war schon wieder etwas her.

Ist das nötig, oder kann das weg?

Das durch den Freitagnachmittag verlängerte Wochenende kam mir vor, wie ein Kurzurlaub. Ich kam am Montag äußerst entspannt ins Büro. Allerdings ohne das drückende Gefühl, dass mein Arbeitsplatz unter einer riesigen Menge von Arbeit ächzte. Zum einen schien das Aufräumen tatsächlich eine gewisse Entspannung auszulösen und zum anderen war ja schließlich nur Wochenende gewesen.

Da das Wetter dem erholten Gefühl scheinbar Konkurrenz machen wollte, entschied ich mich einen Teil des Weges ins Büro zu Fuß zurückzulegen. So kam ich auch in den seltenen Genuss noch einen kleinen Abstecher in meine Lieblingsbäckerei zu machen, wo ich mir ein paar Kleinigkeiten zum Frühstück holte.

Da ich kein besonders flotter Läufer war, wunderte es mich nicht, dass es bereits halb neun geworden war, bevor ich das Büro erreichte. Allerdings wunderte mich doch sehr, dass ich als Letzter im Büro ankam. Sowohl Toni als auch René waren schon da. Außerdem sah unser Büro verändert aus. Es wollte mir nicht gleich klar werden, was es war, doch irgendwas war anders.

„Guten Morgen zusammen. Gab es heute Morgen etwas, was man verpassen konnte, oder leidet ihr seit Neuestem an seniler Bettflucht?" Ich hatte diesen Spruch schon länger mal anbringen wollen, seitdem ich ihn kürzlich von meiner Mutter als Entschuldigung für ihr frühes Aufstehen gehört hatte. Die Reaktion meiner Kollegen hatte ich mir ehrlicherweise etwas anders vorgestellt.

René winkte mir bloß. Er war am Telefon. Vermutlich hatte er meinen Spruch also gar nicht wahrgenommen. Aber Toni telefonierte nicht. Sie wirkte ungewöhnlich abgekämpft.

„Du bist nicht lustig!" Toni sah mich strafend an. „Eine Frau mit spöttischen Bemerkungen auf ihr Alter hinzuweisen, kann zu schmerzhaften Strafen führen!" Ich muss ziemlich erschrocken geblickt haben, denn Antonia lachte mich nun ganz klar aus. „Na, doch nicht so mutig?" brachte sie gerade noch so raus, bevor sie wieder los prustete.

Auch, wenn das nicht so gelaufen war, wie ich es wollte, hatte ich immerhin ein Lachen ausgelöst. Ich nahm mir vor, den Rest des Tages sehr vorsichtig zu sein. René legte in diesem Augenblick auf. Er grinste zu mir rüber.

„Na, Kleiner? Glaubst Du denn wirklich, dass Du ewig jung bleibst? Ich für meinen Teil habe diesen Glauben schon eine Weile verloren." Er zog die Schultern leicht nach oben. Dann fuhr er fort. „Kleiner Tipp: Unser aller Lieblingskollegin hat das komplette Wochenende durchgearbeitet. Außerdem läuft sie heute schon auf dem dritten Kaffee, also geh in Deckung!" Er lachte, als Toni ihn mit einer Packung Taschentücher abwarf.

„Sei froh, dass es nicht der Locher ist!" Toni versuchte einen ärgerlichen Ton zu spielen. Sie war gar nicht wirklich böse. „Jungs, ihr seid übrigens so richtige Klischee-Männer. Nehmt nichts um Euch herum wahr, geht mit Scheuklappen durchs Leben."

„Sieht gut aus, egal was Du verändert hast. Du kannst das tragen, während es an anderen komisch wirken würde" René bekam den nächsten Treffer mit den Taschentüchern ab.

„Du Spinner! Ich habe unser Büro mit roten Aufklebern gespickt. Keiner von Euch hat es auch nur bemerkt." Ich überlegte, ob ich erwähnen sollte, dass mir etwas Unbestimmtes aufgefallen war, doch dann interessierte mich eigentlich viel mehr, was Toni damit bezweckte. Sie erklärte es ohne Umschweife

„Passt auf. Jeder Gegenstand in unserem Büro hat einen roten Aufkleber bekommen. Nicht, dass mir die Aufkleber so sehr gefallen. Die haben den Zweck diejenigen Gegenstände zu markieren, die seit diesem Wochenende nicht genutzt wurden. Jedes Mal, wenn einer von uns einen Gegenstand benutzt, nimmt er den roten Aufkleber ab. Alles, was in einem Monat noch mit einem roten Aufkleber hier rumsteht, bringen wir ins Archiv. Alles, was dort nach einem Jahr noch steht, entsorgen wir."

Toni sah uns erwartungsfroh an. Ich dachte gerade darüber nach, was sie sagte, da entfernte René den Aufkleber von den Taschentüchern und warf die Packung an Tonis Kopf.

„Die brauchen wir hier scheinbar recht regelmäßig. Aber mal im Ernst, ich bin echt gespannt, was hier in einem Monat alles rausfliegt. Hast Du diese Technik auch aus Deinem Training?"

„Ja, es ist eine der letzten Übungen aus dem ersten Modul gewesen. Da ich hier am Wochenende bereits zum dritten Mal meine Rückstände aufgearbeitet habe, habe ich einige Inhalte noch mal wiederholt. Diese Technik mit den roten Punkten hatte mir schon im Training ausgesprochen gut gefallen. Allerdings habe ich sie scheinbar direkt im Anschluss wieder erfolgreich verdrängt."

„Das ist doch bei den meisten dieser Selbstoptimierungsdinger so. Man wird einen oder mehrere Tage komplett mit Informationen vollgepumpt, doch danach steht man am gleichen Fleck, wie eh und je."

„Das ist bei diesem Training wirklich anders. Nach dem eigentlichen Seminar gibt es eine Begleitung in der Umsetzungsphase. Ich habe mir lediglich die Freiheit genommen diese recht sporadisch in Anspruch zu nehmen, weil ich dachte, dass ich das schon so hinbekäme. Ich werde das nach dem nächsten Modul etwas häufiger nutzen. Vielleicht nehme ich dann noch viel mehr daraus mit."

Ich war dem Gespräch nicht wirklich gefolgt. Ich habe in Gedanken gerade rote Punkte in meiner Wohnung geklebt. „Klappt das mit den Aufklebern auch zu Hause?" fragte ich aus meinem Gedanken heraus.

„Der Gedanke gefällt mir! Das sollten wir unbedingt mal probieren. Toni, hast Du noch Punkte über? Verwendet man dafür spezielle Punkte, damit nichts beschädigt wird?"

So viel Begeisterung von René überraschte mich, ich hatte eher damit gerechnet, dass er mir den Kopf waschen würde für meinen Vorschlag, doch dann antwortete Toni.

„Die Punkte hier habe ich einfach aus einem Moderatoren Koffer genommen. Die gehen gut wieder ab. Ich befürchte allerdings, dass Dein Plan nicht aufgeht. Wenn Du nur die Sachen Deiner Ex mit Aufklebern versiehst, wird sie dem Plan wohl kaum zustimmen. Falls Du es heimlich machen willst, lass Dir gesagt sein, dass Frauen solche Kleinigkeiten bemerken, ohne, dass man sie mit der Nase darauf stoßen muss."

René seufzte ein kurzes „Schade eigentlich!" Aber dann straffte er seinen Rücken und ergänzte. „Vielleicht kann ich sie ja überzeugen, wenn mein Zeug auch Aufkleber bekommt." Dann verschwand er in Richtung der Kaffeeküche.

Fazit

Als René zurückkam, brachte er einen Kaffee für Antonia mit. Er zwinkerte ihr zu, als er im Vorbeigehen den Kaffee abstellte. Sie schien es kaum zu bemerken. Ich überlegte, ob René vorher schon mal Kaffee für Sie geholt hatte. Mir wollte kein Beispiel einfallen, allerdings war ich in der letzten Zeit auch immer mal wieder im Homeoffice gewesen. Vielleicht war es mir dadurch nicht aufgefallen.

Irgendwie kam es mir so vor, als hätte sich zwischen den beiden etwas verändert, doch ich kam nicht darauf, was es sein könnte.

Während ich noch darüber nachdachte, landeten plötzlich zwei allzu bekannte Ausdrucke auf meinem Tisch.

„Hey, hier gilt Clean Desk, hier wird kein Papier abgelegt." Dieses Mal lachten sowohl Toni als auch René. „Was soll ich damit? Das ist doch der Erfassungsbogen, den ich vor Monaten schon mal ausgefüllt habe." Ich besah mir die Bögen, sie waren blanko. „Ich soll wieder meine Tätigkeiten kontrollieren? Aber warum? Hier ist doch nun wirklich alles in bester Ordnung"

Auch René murrte über die Erfassungsbögen. „Komm Du mir mal nach Hause Fräulein. Erst bringst Du mein ganzes System zum Kollabieren und dann soll ich Dir auch noch den Bericht darüber verfassen. Das hat man nun davon, wenn man dem Workaholic seinen Kaffee bringt."

„Bei Dir zu Hause gibt es doch schon eine Frau. Tu bloß nicht so, als würdest Du mit zweien zurechtkommen. Die Bögen sind nicht für mich. Sie sind für Euch. Mir ist es total egal, ob Ihr die ausfüllt, oder ob Ihr es lasst. Aber, wenn Ihr sie ausfüllt, habt ihr die einmalige Chance Euren Erfolg zu messen. Ihr könntet in zwei Wochen die Bögen aus dem Januar neben diese hier legen. Ihr werdet genau wissen, was das alles gebracht hat. Eure Entscheidung!"

Ich versuchte gar nicht mehr etwas dagegen zu sagen, ich begann die bisherigen Tätigkeiten des Tages in der Liste einzutragen. Zum Glück war heute noch nicht viel los gewesen. Die meiste Zeit über hatten wir uns rote Punkte unterhalten, die weder René noch ich so richtig wahrgenommen hatten. Ich nahm sowohl den Punkt vom Kuli als auch den vom Lineal ab, denn beides nutzte ich zum Befüllen der Liste.

René zögerte noch. Er sah von der Liste zu Toni, dann wieder auf die Liste. Plötzlich grinste er ein sehr breites Grinsen. „Ich glaube, dass ich gar keinen positiven Effekt für mich verzeichnen kann."

Toni reagierte sofort: „Das kann doch nicht Dein Ernst sein!"

„Doch, ist es. Die gewonnene Zeit verbringe ich damit der Verursacherin Kaffee zu bringen, damit sie bei Laune bleibt. Noch so eine Optimierungsrunde und ich beantrage eine eigene Liege für den Aufenthaltsraum. Dann spare ich auch gleich noch die Arbeitswege."

„Die hast Du im Homeoffice auch nicht. Probiere es doch mal aus. Jetzt, wo Du keine Papiervorgänge mehr hast, solltest Du es doch auch hinbekommen, von zu Hause zu arbeiten."

„Dort arbeitet meine Ex. Keine Option!" Doch dann begann auch er seinen Kuli vom roten Punkt zu befreien. Die wenigen Tätigkeiten des Morgens hatte René in ein paar Augenblicken eingetragen. Danach war es still im Büro. Wir gingen alle wieder unserer Arbeit nach, wie an jedem anderen Tag auch.

Bis zum Nachmittag hatte ich das Gefühl einen neuen Rekord aufstellen zu können, doch dann kam ein Anruf, der meinen Lauf nicht nur bremste, sondern zum kompletten Stillstand brachte. Es war ein Kooperationspartner, der eigentlich gern mit René gesprochen hätte, aber der war einfach schneller gewesen. Er erkannte die Nummer beim ersten Klingeln.

Pro Tag durfte sich jeder aus dem Zimmer einmal von den anderen verleugnen lassen. Diese Regel war mir zunächst ziemlich arbeitsscheu erschienen, doch zwischenzeitlich hatte ich erkannt, welche Vorzüge das haben kann. Saß man zum Beispiel gerade an einem wichtigen Vorgang, war es unglaublich praktisch, wenn die Kollegen einem etwas Zeit verschafften.

Doch dieses Mal hatte es mich voll erwischt. René zog sich aus der Affäre. Ich hatte mir die Neuigkeiten anzuhören. Scheinbar hatte mein Gesprächspartner schon einige Zeit lang niemanden mehr aus unserem oder irgendeinem anderen Hause gesprochen. Er war ausgesprochen mitteilsam. Doch die besonders freundliche und herzliche Art meines Gegenübers machte es mir unmöglich ihn so richtig abzuwürgen, also akzeptierte ich mein Schicksal. Die letzten zwei Stunden des Arbeitstages verbrachte ich telefonierend.

Nach dem Gespräch waren sowohl Toni als auch René bereits gegangen. Ich notierte den Anruf noch in der Liste und verschwand auf dem schnellsten Weg in Richtung Feierabend.

An den folgenden beiden Tagen war René ausgesprochen gut gelaunt, während Toni aus dem Homeoffice arbeitete. Ich war wieder einmal davon überrascht, wie schlagartig in solchen Momenten die Kommunikation abbrach.

In früheren Firmen, wo ich teilweise nur für Praktika gewesen war, wurde die Kommunikation über Chatgruppen aufrecht erhalten. Da hatte man immer das Gefühl, miteinander verbunden zu sein, auch wenn man dadurch weniger persönlich miteinander sprach. Teilweise chattete ich damals sogar mit meinem Gegenüber, weil noch zwei oder drei andere den Faden mitaufnehmen sollten.

Ich bin mir nicht sicher, was der Weisheit letzte Schluss ist, aber mir fehlte unser Austausch im Tripple, sobald Toni nicht da war. René sprach fast ausschließlich, wenn jemand anderes das Gespräch begann, allerdings war es genau das, was mir nicht so besonders lag.

Da ich anschließend acht Arbeitstage im Homeoffice verbrachte, sahen wir uns tatsächlich erst nach zwei Wochen wieder. In der Zeit hatte ich kein Wort mit René gewechselt und nur zwei Mal mit Toni telefoniert, weil wir gemeinsame Vorgänge hatten.

Es kam mir vor wie damals in der Schule nach den Ferien. Alle freuen sich, sich endlich wieder zu sehen, auch wenn sie sich sonst nicht unbedingt grün waren.

Wie auch damals war ich aufgeregt, was es wohl Neues geben würde. Was die anderen in der Zwischenzeit so erlebt hatten. Die Enttäuschung ob der fehlenden Neuigkeiten war groß. Im Büro hatte sich nichts geändert, alles war scheinbar wie immer. René hatte nichts zu erzählen, die Kollegin war nicht da.

Kurz vor dem Mittag kam Antonia dann doch noch. Sie lud uns beide auf einen Salat ein, weil wir uns ja so lange nicht gesehen hätten. Sie musste eine ähnliche Aufregung verspüren, wie ich es am Morgen getan hatte. René bot an, die Rechnung zu übernehmen, wenn er dafür seinen Salat gegen Fleisch austauschen dürfte, also zogen wir zusammen los.

Der kurze Ausflug zum Italiener hatte uns allen gut getan. Da René die Rechnung übernehmen wollte, hatte er es sich nicht nehmen lassen eine Flasche Wein zum Essen zu bestellen. Er war von einem Schlag, den man heute nicht mehr so oft traf, oder kam nur mir das so vor?

Am Nachmittag wollte Toni als Erstes unsere Protokolle sehen. Das Ergebnis war beachtlich. Ich hatte meins schon ausgewertet und sagte schon während ich ihr die Blätter reichte „15 Prozent! Satte 15 Prozent!"

René lachte: „Jetzt geben wir untereinander damit an, wer sich stärker ausbeuten lässt. Na, wo liege ich? Kann ich mit dem Jungspund mithalten, oder hat der Kaffee alles zunichte gemacht?"

„Du liegst bei einer Steigerung von 25 Prozent. Das ist unglaublich. Vor allem, wenn man berücksichtigt, dass Du auch vorher schon eine höhere Schlagzahl hattest als unser lieber Timmy."

Ich erschrak heftig, doch Antonia beruhigte mich umgehend. Woher auch immer sie es wusste, aber wenn es stimmte, was sie sagte, lagen wir wohl beide deutlich über dem Abteilungsdurchschnitt.

Kann das schon alles sein?

„Sagen Sie mal junge Dame, woher kennen Sie denn eigentlich die Schlagzahlen von Timmy, vom Team und von mir? Im System ablesen, kann man sie nicht, zumindest nicht mit einer normalen Sachbearbeiter-Berechtigung. Lutz plaudert über solche Themen nicht, also?" René fragte in einem Ton, bei dem ich nicht einordnen konnte, ob er so ernst gemeint war, wie er klang.

Toni lächelte ihn an. Sie schien den gleichen Gedanken zu haben, wie ich. Sie legte den Kopf leicht schief und sagte: „Quellenschutz!" Obwohl es auch um meine Leistungsdaten ging, die ich nicht im Umlauf wissen wollte, musste ich lachen. René nahm das Thema entweder deutlich ernster, oder konnte sich besser beherrschen.

„Haben die von der IT nicht daran gedacht Deine Berechtigung einzugrenzen, als Du das Team gewechselt hast? Oder läuft hier etwa eine ganz linke Nummer von der die einfachen Angestellten wieder mal als letztes erfahren?" René stand auf. Er wandte sich an mich: „Timmy, meinst Du nicht auch, dass wir mal ein dringendes Besprechungsbierchen mit unserem Betriebsrat trinken sollten?"

„Mir ist um diese Uhrzeit noch nicht nach Bier. Findest Du das wirklich so schlimm? Wo ist das Problem, wenn Toni ein bisschen mehr weiß als wir?" Ich wollte jetzt wissen, wie ernst es ihm war. Er setzte sich auf meinen Schreibtisch.

„Weißt Du, Timmy, es geht mir hier insbesondere um den Grund, warum unsere liebe Antonia diese Informationen hat. Ich habe da nämlich eine konkrete Ahnung." Er blickte verschwörerisch umher, dann stand er wieder auf. Er kam allerdings nicht weit, denn René blieb vor dem Schreibtisch unserer Kollegin stehen. „Ich möchte jetzt gern eine Antwort auf meine Frage haben. Übrigens viel lieber von Dir als vom Betriebsrat. Dann bleibt die Diskussion wenigstens in diesen vier Wänden hier."

„Du weißt es doch längst. Von wegen Du hast eine konkrete Ahnung!" Toni sah ihn vorwurfsvoll an. „Du willst doch jetzt bloß dafür sorgen, dass ich es Timmy sagen muss, damit DU das Geheimnis nicht mehr ausplaudern kannst. Ja mein lieber Kollege. Ich habe Dich durchschaut.

Um nicht mehr weiter um den heißen Brei herum zu reden. Ich bin als Nachfolgerin für Lutz vorgesehen. Sobald meine Einarbeitung hier in der Abteilung abgeschlossen ist, werde ich offiziell zu seiner Stellvertreterin ernannt. Bist Du nun zufrieden?

Oder soll ich jetzt auch noch erzählen, warum Du davon weißt, obwohl es keinerlei diesbezüglicher Gerüchte im Umlauf gibt?" Toni funkelte René an, ohne wirklich böse zu sein.

René ging an seinen Platz zurück. Er machte ein absolut zufriedenes Gesicht. Er verschränkte beide Arme vor der Brust und sah mich erwartungsvoll an. Ich dachte noch darüber nach, was ich gerade gehört hatte. „War das hier alles nur gespielt? Waren wir Deine Versuchskaninchen für den Beweis von Führungsqualitäten? Willst Du mit unseren Produktivitätssteigerungen beweisen, wie gut du bist?"

Toni sah mich bestürzt an. Sie schüttelte langsam den Kopf. „Nein. Ganz und gar nicht. Das Ganze entstand aus Eurer Neugier. Ich habe lediglich ein Coaching besucht, was meine Schwester mir geschenkt hat. Ihr habt freiwillig mitgemacht. Du wirst in wenigen Wochen sogar das gleiche Coaching besuchen. Bezahlt von der Firma.

Die Geschichte mit der Nachfolge für Lutz stand schon fest, als ich das Team gewechselt habe. Ihr wisst ja, dass ich Teamleiterin gewesen bin. Eine ganze Abteilung zu übernehmen ist dann allerdings noch mal etwas anderes. Damit ich darauf gut vorbereitet bin, sollte ich erstmal ein Jahr lang bei Euch Station machen.

Dabei hat Lutz Euch nicht zufällig ausgewählt, sondern ganz gezielt. Er ist nämlich der Meinung, dass ihr seine besten Leute seid. Insbesondere René wurde mir als Spitzenkraft beschrieben. Er wurde in den Plan eingeweiht, weil er dafür sorgen soll, dass ich nach einem Jahr wirklich fit bin. Es hat ihm von Anfang an nicht gefallen, dass Du offiziell nicht informiert werden solltest.

Ich habe schon vermutet, dass er die erste Gelegenheit nutzen wird. Aber Euch zu sagen, wo Ihr im Vergleich zu den anderen steht, war auch wirklich nicht mein klügster Moment. Diese Vorlage war schon viel zu gut, um ungenutzt zu bleiben." Sie endete mit einem breiten Grinsen in Renés Richtung.

Ich war nicht allzu überrascht, dass man mich nicht in den Plan eingeweiht hatte. Ich war nur ein kleines Licht. Meine Motivation zu arbeiten war genug Geld zu verdienen, um mein Leben zu genießen. Ambitionen auf Karriere hatte ich keine, daher fühlte sich das für mich noch nicht einmal schlecht an. Doch ein anderer Gedanke hatte sich bei mir verfangen.

„Ich muss mal kurz in den Themen springen. Warum gehe ich eigentlich zu einem Coaching, was wir hier schon gemeinsam umgesetzt haben? Grundsätzlich habe ich nichts gegen Weiterbildung, aber in diesem Fall erscheint mir das dann doch nicht mehr sonderlich zielführend."

„Deine Bedenken sind nur zu einem gewissen Grad berechtigt. Wir haben aber bisher ausschließlich Inhalte aus dem ersten Modul hier besprochen. Bei weitem nicht alles, was dort gecoacht wurde, habe ich Euch hierher mitgebracht.

Im Coaching werden unglaublich viele Techniken gelehrt, die die Teilnehmer in die Lage versetzen sollen, beliebige Problemsituationen selbstständig zu erkennen. Also der Impuls, dass ein aufgeräumter Tisch zu einem besseren Arbeitsergebnis führen könnte, soll später vom Absolventen des Coachings selbst kommen. Lass uns ein Beispiel versuchen.

Welcher Umstand stört Dich bei der Arbeit?"

Die Frage kam unerwartet. Ich zuckte mit den Schultern. Nahm mir aber die Zeit darüber nachzudenken. Während ich gerade meinen Blick über den Monitor schweifen ließ, vermeldete ein Popup den Eingang einer neuen Aufgabe. Ich musste unwillkürlich grinsen.

„Ich habe etwas. Diese Popups, die neue Aufgaben ankündigen, stören mich. Sie lenken mich von dem ab, was ich tue. Manchmal habe ich im Anschluss sogar schon vergessen, was ich vorher gerade bearbeitet habe."

Toni klatscht in die Hände. „Das ist ein toller Aufhänger. Den kannst Du eigentlich direkt nutzen. Entschuldige! Ich sollte der Reihe nach erzählen. Das Coaching verlangt nach zwei Modulen eine Projektarbeit. In dieser Projektarbeit soll man eine Verbesserung in seiner jeweiligen Arbeitsorganisation herbeiführen. Diese ist dann so zu dokumentieren, dass die Trainer es bewerten können. Stell Dir mal vor, du löst dieses Problem nicht nur für Deinen Schreibtisch, sondern für alle! Das schreit förmlich nach einem Bonus."

Sowohl René als auch ich sahen unsere Kollegin völlig verwirrt an. Keiner von uns hatte bislang gewusst, dass das Coaching derartige Komponenten enthielt. Ich überlegte einen Moment lang, wo ich die Unterlagen zum Coaching abgelegt habe. Erinnerte mich dann mit einem einsetzenden schlechten Gewissen daran, dass ich die Inhalte bislang höchstens überflogen hatte. Ich nahm mir vor, so schnell wie möglich nachzulesen, was Toni mir da für eine Weiterbildung besorgt hatte.

„Ach nun schaut doch beide nicht so. Habt ihr ernsthaft gedacht, dass ein Training mit mehreren Modulen, persönlicher Betreuung der Teilnehmer in der Umsetzung und einer Laufzeit von mehreren Monaten tatsächlich nur vermittelt, wie man seinen Schreibtisch aufräumt? Das kann nicht Euer Ernst sein."

René nahm es mir ab, zu antworten. „Wir wurden bislang nur mit einzelnen Ideen von Dir versorgt liebe Kollegin. Du hast uns wiederholt nur eine kleine Karotte vor die Nase gehalten. Dass es irgendwo einen ganzen Korb gibt, konnten wir nur vermuten." Er grinste breit. „Aber mach Dir nichts draus. Wir haben schließlich auch nicht gefragt. Hatten genug damit zu tun, hier klar Schiff zu machen."

„Das stimmt allerdings auch wieder. Keine Sorge! Ich verspreche, dass ich keine weiteren Informationen mehr verrate, damit Timmy nicht doch noch Recht behält und die meisten Inhalte schon vor seiner Teilnahme gehört hat." Damit verschwand Toni aus dem Büro.

Dank für das, was zur Entstehung nötig war

Die Idee zu dieser Reihe entstand in einem Gespräch mit Linda-Kayleigh Bachem, auch wenn das eigentlich ganz anders laufen sollte, wenn ich dem Prozess gefolgt wäre, den Marian Prill seinerzeit aufgesetzt hatte. Ich kam zu den beiden auf eine Empfehlung von Thomas Burdack hin, der mich seinerzeit fragte, ob ich nicht langsam mal ein Buch über achtsame und gesunde Arbeitsweisen zur Erleichterung des Büroalltages schreiben wollte.

Doch ich wollte nicht, denn Ratgeber gibt es heute schon zu viel und über einige Umwege wurde es eine Erzählung aus der Perspektive eines Betroffenen.

Euch Dreien möchte ich danken, dass Ihr mit Euren Bemühungen den Grundstein für diese Reihe gelegt habt.

Vicki Braun, dir danke ich für Dein Feedback und die Hilfestellungen, die hinaus gingen über Lektorat und Korrektorat.

Doch von der Initialisierung zum ersten Entwurf dieser Geschichte bis hin zum korrigierten Probedruck sind viele Liter Wasser die verschiedenen Flüsse dieser Welt heruntergeflossen. Ohne unzählige Erinnerungen und Ermunterungen wäre das Projekt vermutlich bei einigen weiteren Entwürfen in einer digitalen Schublade gelandet. Daher ist es mir ein besonderes Anliegen auch Elvira Braun von Herzen zu danken, denn sie hat nicht nur etliche Iterationen des Covers mit mir besprochen und letztlich das umgesetzt, was ich mir ausgedacht habe, sondern hatte die Geduld den Gesamtprozess bis hierher zu begleiten und wird es hoffentlich auch weiterhin tun.

Danke, dass Du keine Ausrede hast gelten lassen!

Alles gar nicht echt, oder doch?

Wenn Sie in der einen oder anderen Situation gezweifelt haben, kann ich Sie beruhigen, es gibt nicht das eine Muster-Büro, was hier beschrieben wurde. Wenn Sie sich also in der einen oder anderen Situation wiedergefunden haben, handelt es sich um einen Zufall.

Damit sich das ändert, erkundigen Sie sich gern nach dem nächsten Termin für ein Organisations-Training.

Es verspricht bessere Wochenenden durch bessere Organisation, ohne dabei den Fokus auf Output-Maximierung zu legen. Es will dem Selbstoptimierungswahn kein Trittbrett sein oder seinen Steigbügel halten, es will lediglich verhindern, dass man jeden Freitag seinen Geist abschalten muss, um das Wochenende über genügend Abstand zu gewinnen.

Denn, wer seinen Schreibtisch im Griff hat, braucht keine Angst mehr vor dem Montag zu haben.

Falls Sie noch nicht vollends überzeugt sind oder kein Training brauchen, halten Sie Ausschau nach den Fortsetzungen und begleiten Sie weiterhin Timmy auf seinem Weg.

Herzlich

John Braun

https://www.linkedin.com/in/braunjp/